はちみつさんかく。

KAORI KUSAGAWA
草川かおり

CHOCOLAT BUNKO

ILLUSTRATION 上田規代

CONTENTS

＊プロローグ

あっ、悠太《ゆうた》、みぃつけたっ！

またここに隠れてたのね。

悠太はここが好き？　すべり台よりも、ブランコよりも、ここがいちばん？

そっかぁ。

えー？　いいんだよ、みんなとおんなじものを好きじゃなくても。

ね、じゃあ、ここはママと悠太の、秘密の場所だね。「ひみつ」っていいでしょ。ママと悠太と、ふたりだけの秘密の場所。でも、大好きなお友達には教えてあげてもいいんだからね。大好きな人とだと、秘密って、いいことになるの。

よぉし、帰ろっか。もうお空暗くなってきちゃうよ。

悠太、夕ご飯なに食べたい？

ハンバーグ？　うーん、ハンバーグは、今度でもいい？　時間かかっちゃうから。ママもっと早く帰ってこられるときに作ってあげる。ママ早く帰ってくるように頑張《がんば》るよ。悠太、とってもいい子だもん。ママね、悠太、だぁいすき。

◆

ヴーッ、ヴーッ、ヴー……

「んっ、んー……あ」

シーツの上を伝わってくるバイブの振動。

長谷川健人《はせがわけんと》はうめきながら片手を伸ばした。

探り当てた振動の出どころを掴《つか》み、深い息を吐きながら目を開ける。

バイブ設定のアラームを切ると、いつもの習慣でケイタイの画面を見てみる。

今日は二回目で起きたらしい。スヌーズモードってなんて便利なんだろう。これを考えた人に感謝状を贈りたい。

ふらりと起き上がって窓辺《まどべ》に歩み寄り、ペールグリーンのカーテンをひく。

途端《とたん》に差し込んでくる朝の光。

そのまばゆさに、ちょっと目を細める。

でも、気持ちの良い朝だ。ぐうんと伸びをしたら、身体《からだ》が目を覚ます。混じりけなく広がる青い空は、空模様《そらもよう》になんの不安も抱かせない。

母が生きていたなら、こんな日には「仕事へ行く前に洗濯終わらせちゃうわ」と笑って、朝から洗濯機をまわしていただろう。

物心《ものごころ》ついたころから母子《ぼし》家庭だった長谷川は、ずっと母親とふたりきりで暮らしてきた。

自分が幼いころの、低い位置から見上げる母の背中が、いまでもまぶたの裏に焼きついている。

足元にまとわりつくと、干したての布団《ふとん》のおひさまの匂いだとか、洗濯物のせっけんの匂いだとか、そういう、あったかい匂いのする人だった。

そして、家事をこなしたうえで、息子に経済的な不自由をさせないようにと、めいっぱい働いてくれていた。昼間も夜も、仕事と家事に追われて、きっと寝る間もあまりなかったに違いない。それでも、長谷川には疲れた表情なんて見せなかった。いつも明るく笑っていて、太陽に愛されている向日葵《ひまわり》の花のようだった。

コポコポとお湯を注いで、インスタントコーヒーを淹《い》れ、ニュース番組を見るともなしに眺《なが》める。

マーガリンを塗《ぬ》ったトーストにかじりつきながら、母親の最期《さいご》のときを思い出す。

ほんの一年前、長谷川が二十三歳になったころだった
長谷川もやっと仕事に慣れ、これからどんどん親孝行するんだ、と思っていたその矢先。母は病に倒れ、あっけなく逝《い》った。

おそらく本人でさえ、自分が病気なのだとか、苦しいとか、そんなことを感じる暇もなかった、何者かにすばやく連れ去られたような死だった。

妙な心配をされても困るので、だれにも言ったことはないけれど、きっと母を連れて行ったのは、天使だとか星の精だとか、そういう綺麗《きれい》なものだと思う。

思うというよりは、信じている。

長谷川のなかで母は、まだきらきらと輝いていて、その背中を思うたびに、自分を強くしてくれる存在だから。

考え事にふけっていると、もう家を出なければならない時刻になっていた。

今朝はせっかく余裕のある目覚め方をしたのに。自分を軽く責めながら、コーヒーでトーストを流し込み、大急ぎでスーツに着替えるとカバンをひっつかみ玄関を出る。

鍵をいったんかけて、また開ける。

今日はゴミの日だった。

もう一度部屋に戻り、キッチンの隅《すみ》にまとめておいたゴミ袋を持つと、今度こそアパー

トを飛び出す。

アパートから数メートル先のゴミ集積所には、何軒か先に住む大森《おおもり》というおばさんがいて、ほうきを片手に集積所周りの掃除にいそしんでいた。

「おはようございます」

笑顔で声をかけると、大森は振り返って目を輝かせる。

「あら、おはよう健人くん。久しぶりだわ。やぁだ、もう長谷川さん、って呼んだほうがいいのよね、子供のころじゃないんだから。もう立派にお勤めもして……どこだったかしら」

「結婚相談所です」

「あらぁ、そうだったわ。健人くん面倒見《めんどうみ》のいい子だから天職ねぇ。でも、ねぇ、健人くんのほうはどうなの？　お相手」

「や、それはまだ……」

「そう、残念」

長谷川が苦笑しつつ答えると、大森は心から残念そうに言った。

「でも、健人くんならすぐよ。お母さんに瓜二《うりふた》つの美形なんだもの、お母さんも美人さんだったけどね、健人くんもそっくりだから女の子が放っておかないわぁ。でも女の子より可愛《かわい》らしいから敬遠されちゃうのかしらねぇ。もし彼女できたら教えてねっ」

「あー、はい」

あいまいに頷《うなず》いて長谷川は職場への道を急いだ。

職場は江戸川区にある結婚相談所。奨学金をもらって大学に行き、一生懸命就職活動をして雇われたところだ。

どうしても、結婚相談所で働きたかった。

いまや三組に一組の割合で離婚するという時代だ。夫婦ふたりだけならまだしも、幼い子供を抱えている母子家庭、父子《ふし》家庭が増えているのは想像に難《かた》くない。

息子のためにと、自分の幸せそっちのけで懸命に働いていた母の姿を思うと、長谷川は、だれかの役にたちたい、と強く思うのだ。

母子家庭の母親すべてが不幸だなどとは思わない。

だけど、幸せか不幸せかということはさておいて、楽に暮らしているというケースばかりではないだろう。長谷川の母親がそうだったように、一生懸命、昼も夜もなく働いている人だっているはずだ。

できるなら、そういう母子家庭の母親が、もう一度、自分の幸せを求めるための手伝いをしたい。

だれかが幸せになるお手伝いをする。

それが、長谷川のいちばんの望みだった。

◆

ぱちり、と目を開く。

伊知地恭平《いちじきょうへい》はふっと広い寝室を見回した。

遮光《しゃこう》カーテンの上部の隙間《すきま》から、遮りきれない日光が白い壁紙に踊っている。また新しい一日が始まるらしい。

ベッドサイドの時計を確認すると、時刻は六時半すこしまえ。いつもセットしてある時刻の数分前に目が覚める。

身体がずっと緊張しているんだろうなどと言われたこともあるが、二十五歳にもなって日々に緊張もないものだ。

寝起きはいい。スイッチを入れられたロボットのように、その日のあらゆる条件に左右されず、即座に起動する。

起き上がり仕立てのよいスーツに着替える。

広い肩や、しっかりついている筋肉、腕《うで》と脚《あし》の長い日本人離れした体型にきちんと合うスーツは、祖父《そふ》の代から付き合いのある銀座のテイラーで、細かい採寸をしたうえでオーダーしたものだ。

デザインはもちろん、表と裏の生地《きじ》、糸の色、ボタンといったこまごました素材まですべてを指定してつくらせる。クローゼットにかかっているのはこのテイラーのスーツがほとんどだ。

クローゼットから、今日のネクタイとカフスボタンを選ぶ。淡い藤色のネクタイは、見る人が見ればわかるスーパーブランドのものだ。

カフスボタンには、やや濃い紫がポイントに使われているものを選んだ。

伊知地はシャツの袖口《そでぐち》がボタンというのが好きではない。スーツのときは、カフスボタンが使えるデザインでなければ、どんなにいいシャツでも着ない。

仕度を終えダイニングに向かうと、ハウスキーパーが作った朝食と、その脇《わき》に数種の新聞が並んでいる。そのなかのひとつを手に取り、ざっと目を通す。

一面は、ある高速道路で起こった玉突き事故の記事だ。負傷者《ふしょうしゃ》はでたものの、幸い死者はいなかったらしい。

　こうして一面記事になるくらいの事故でさえ、死者がでていないということを考えてみると、交通事故で命を落とした伊知地の姉は不運だったのかもしれない。

　途中までが恵まれすぎているというくらい恵まれた人生だったから、余計にそう思うのだろうか。

　三歳年上の姉は、幼いころからなにごとにも抜きんでていた。勉強をやらせても、運動をやらせても右にでる者はいなかった。そのうえ美人で、実家である伊知地家は親族経営の大きな会社をもつ裕福な家庭。それを鼻にかけた嫌な人間に成長しても良さそうなものなのに、姉は、おそろしく性格がよかった。

　おかげで大人たちは姉ばかりを褒《ほ》め、「この子が男の子だったら跡継《あとつ》ぎにぴったりだったのに」と小声で言った。伊知地はそれをうつむいて聞いているしかなかった。

　姉は、弟である伊知地に対して得意がるふうでもなかったし、こちらを馬鹿にするようなこともなかった。けれど、伊知地にはそれさえもが気に喰わなかった。自分が勝っているのだから、それなりに大きな態度をとればいいのだ。優しい笑顔で「勉強、分からないところあったらいつでも言ってね」などと言われることに、伊知地がどれだけ屈辱《くつじょく》を感じてきたか、人の好《い》い姉には分かるまい。

おかげで負けず嫌いな性格はどんどん増長され、姉を追い越すことだけが伊知地の目標になった。中学でも高校でも大学でも。けれど、伊知地は一度たりとも姉よりランクの高い学校には行けなかった。あとほんの少しなのに、どうしても勝てない。

そんな矢先だった。

姉は学生時代に知り合ったという男と駆け落ちして家から姿を消したのだ。

あのときは笑った。

姉は、道を踏み外したのだ。確実に高みへと続いていくことが保証されているような、恵まれた家庭に生まれながら、そのレールからはみ出してしまった。

恋だか愛だか知らないが、果たしてそれは、輝かしい未来を捨ててまで手にする価値のあるものだろうか。ばかばかしい。

伊知地はたたんだ新聞をテーブルに放り出すと、長い脚を組んだ。

姉の行方が分からなくなったまま数年、伊知地は一流と言われる大学を卒業し、伊知地家が経営する企業に入社した。

母方の祖父が社長、伊知地家に婿養子《むこようし》としてやってきた父親がいまは専務取締役である。その他、部長クラスからうえはほぼ親族で固められている。

親族経営の企業は弱いというイメージをもたれがちだが、伊知地家では、優秀な人材が不足すると、よそから有能な人物をひっぱってくる。ちょうど伊知地の父親がそれで、母親とは親同士が決めた結婚であったらしい。

おたがいに望まない結婚だったためか、連れ添って三十年になるふたりの仲はあまりよいとは言えない。

もともと伊知地家の一人娘としてわがまま放題、甘やかされ放題で、蝶よ花よと育てられたお嬢様だった母に、父はできうる限りかかわらないようにしたいという態度がみえみえだ。

姉の事故の件で警察から電話があったときも、ふたりともお互いを慰めるでもなく、それぞれでショックを受けていた。

たしかに、姉が交通事故で死んだというのは衝撃《しょうげき》だった。が、さらに大きな問題は、姉と駆け落ちしたはずの男はとうのむかしに消えていて、その男の子供なのかどうかも定《さだ》かではない、三歳になる息子がひとりのこされているという事実だった。

実家のリビングで言い争いが繰り広げられたのはほんの一月ほどまえのことだ。

「あたしはいやよ、おばあちゃんなんて」

母親はソファに深く腰かけて、爪を磨《みが》きながら言い放った。

「ひとりだって嫌だったのに、跡継ぎが跡継ぎがってうるさいから恭平産んで、ふたりぶんも育児したのよ。もうまっぴらごめんだわ」

　ふーっと、吹きかけた息で削った爪の粉を飛ばしながら、母は父に蔑《さげす》んだ視線を投げる。

「あたしもう気ままに生きるの。あなたが稼いでくるお金を遣《つか》うのがあたしの仕事よ。だってそうでしょ、あたしと結婚したからあなたいまの立場にあるんだから」

　父親は一瞬言葉に詰まったあと続けた。

「でも、子供はどうするんだ。まだ三歳なんだぞ、それにこれまでの成長を見てきていなくてもおれたちの孫であることに変わりはないんだ。これからの成長を見てやれば愛情だってわくだろう。それに、引き取り手もうち以外にない」

　爪を磨き終えたらしい母は、膝丈《ひざたけ》のワンピースの裾《すそ》をひらりと踊らせながらソファから立ち上がった。

「いまはいろいろ便利なところがあるんでしょう？　ほら、児童相談所とかいうの？　施設に預ければいいのよ。だれにもばれないうちにね」

　母は出かけるつもりなのか、愛用の女優帽を手に取る。

「施設……だと」

「そうよ。だってうちで引き取ってみなさいよ。伊知地家のいい面汚しだわ。ゴシップのたねにされるのなんか絶対に嫌。あの子も、自慢の娘だったのに、こんな、伊知地の名に泥を塗るような真似《まね》して、かわいそうに、天国には行けてないわね」

「おまえ、自分の娘にそんな言い方はないだろう」

「あら。自分の娘だからかわいそう、って思うんだわ。他人の子供だったら大笑いしてやる」

　いかにも心外だと言いたげな顔で大きな声をあげた母親に、父が渋い表情でなにか言いかけた。

　それを遮って、口を開く。

「なぁ」

「なんだ、恭平」

「その子供……おれが面倒見るよ」

　両親はそろって反対した。「まだ独身で年齢も若く、育児経験もないおまえに子供の面倒を見るのなんて絶対に無理だ」というのだ。

　伊知地がそう申し出たのは、これ以上醜い言い争いを聞いていたくなかったからとか、のこされた子供が可哀想《かわいそう》だからとかではなかった。ただ、ずっと伊知地の先を行って、勝手にドロップアウトして勝手に死んでしまった姉に対しての反発心、それだけだった。

　いま三歳ということは、姉がその子供を産んだのは二十五歳、いまの伊知地の年齢とおなじだ。姉が二十五歳から育児をしたというのなら、自分にできないはずはない。それに、子供の面倒を見てやれば、もういない姉に勝てる、そんな気がした。

朝食を食べ終わると、ハウスキーパーがコーヒーを持ってやってきた。

必要なとき以外には目につかないようにというのが伊知地の要望だった。実家から監視《かんし》役として派遣《はけん》されているハウスキーパーだ。視界に入れたくない。早朝から夜、伊知地の帰宅前くらいまでの時間をこのマンションに詰めているというのに、上手《じょうず》に気配《けはい》を消す。

コーヒーカップを置くと下がろうとするのを止めて、小声で訊《き》いた。

「子供は?」

「悠太さまはまだおやすみでございます。よく眠ってらっしゃいますよ」

「そうか」

ハウスキーパーは一礼してダイニングから姿を消した。

朝の光のなかに、ブルーマウンテンの香りがたちのぼる。

コーヒーを飲みながら考えた。

悠太という名の子供は、まだ母親が死んだことを知らされていない。遠くに旅行に行っていると言い聞かされて、そのとおり信じ込んでいるらしい。

時期がきたら告げなければならない。

ものごとは少々強引に押し進めても気にしないタイプだが、さすがにこれだけはタイミングをはかってやらないとまずい。

そんなことを考えていると、いつものコーヒーのなかに不快な渋みがあるような気がしてきて、伊知地は思い切り顔をしかめた。

◆

長谷川が勤める結婚相談所はこぎれいなビルのワンフロアにある。

ガラス張りのドアは開放的な雰囲気で、なかで働く職員の様子が分かり、安心できるように。プライバシーを気にするお客様のための個別ブースは特にリラックスしてもらえるよう気を配ってある。若い人から中年以降の人、男性も女性も訪れるので、それぞれに合ったつくりのブースを設置したのも所長のこだわりだ。

「おはようございます」

「おはよー、長谷川くん」

デスクに向かいながらもう出社している社員たちに声をかけると、ふたつ年上の女性社員が立ち上がって寄ってきた。ベージュのスーツの胸元に、小粒のネックレスが光っている。立場上は先輩後輩だけれど、さっぱりした性格で気の合う仲間といった感じだ。

「ね。朝イチで何なんだけど、って所長からお呼びがかかってんの、わたしたち」

「えー？」

カバンを置き、デスクの上に置かれている今日のスケジュールに目を通しつつ、胡乱《うろん》げな声で聞き返す。

「長谷川くん、なんかやらかした？」

「なんにもしてないですよー。由美子《ゆみこ》さんこそ」

言い返すと、意味ありげに由美子が笑う。

「ふたりともなんにもやらかしてない。じゃあ、やっぱりあの件よ」

「あの企画？」

顔を突き合わせて頷きあったところで、背後から声がかかる。

「そう、あの企画。読ませてもらったわ」

「わ、おはようございます」

長谷川は由美子とふたりで頭を下げた。

実年齢は五十歳くらいのはずだが、とてもそうは思えないこの女性が、ここの所長だった。いつも笑顔だが、柔和《にゅうわ》な笑顔ではなく、凛《りん》とした笑顔だ。

「長谷川くんと由美子ちゃんが出してくれた企画書ね。シングルマザーとシングルファザーのための結婚相談部門をたちあげるっていう。このご時勢でしょ、あなたたちの着眼点は面白《おもしろ》い」

「じゃあっ」

母子家庭で育った経験から、シングルマザーに優しい結婚相談というものができないかと考え、由美子とふたりで話し合いを重ねて出した企画書だった。

色よい返事がもらえそうな気配に、思わず声が弾《はず》んだ。

「やってみましょう、だめだったらそこで撤退すればいいだけの話なんだもの。早速《さっそく》広告うつわよ」

所長はふたりに向かって微笑《ほほえ》んだ。

「とりあえず初夏をめどに、一度婚活パーティー開きたいわね」

由美子とふたり大きく答える。

「はいっ、頑張りますっ」

昼休みになると、由美子にランチへ誘われた。

いつもはデスクでコンビニのおにぎりをほお張ったり、近所の蕎麦《そば》屋の蕎麦をかきこんだりで済ませるけれど、女性相手だからと、ランチも出すカフェを選んだ。

個人経営らしいが、店内には観葉植物が多く飾られており、このあたりではおしゃれな部類に入る店だ。

「長谷川くんてランチはいつもこんなとこ来てるの？」

「違いますよ。由美子さんだから気を遣ったんです」

「さすがねぇー。やっぱり、ちょっと女性的な感覚あるのかな、長谷川くんって」

「さぁ、どうでしょう」

由美子にメニューを手渡しながら、あいまいに言って首を傾げる。

入社時からよく面倒をみてくれた先輩である由美子には、母親にも言えなかった秘密を打ち明けてある。

というより、母親にだからこそ言えなかったのだが。

長谷川はゲイなのだ。

思春期のころ、女の子に興味をもてない自分に気づきながら、そのうち時期がくるんだろうとぼんやり構えていた。自分の視線が追うのは、いつも整った容貌《ようぼう》の同性ばかりだったけれど、それも、ああなりたいと憧れているんだろうと考えていた。

でも、そうやって過ごすうち、気づいてしまった。自分が同性にしか興味のもてない人間だと。

どうして性別なんてあるんだろう、どうして男女でなければいけないんだろうなどとせん無いことを考えもした。

男女のふたり連れが歩いているだけで傷ついたし、通学途中に目にする、家族が笑っているアットホームなポスターにも傷ついた。

これが目指すべき未来なんですよと、だれかに言われているようで、そこからすでにはみ出ている自分を意識すればするほど悲しくなった。

母親には、いつばれてしまうだろうか、きっと失望させてしまう、と不安に思いながら、それでもいつかは言わなければならないと思っていた。こちらが打ち明けるよりも先に、母親のほうから「結婚はいつなの」とか、「孫の顔がみたい」なんて言われたら、きっと長谷川は自分を許せない。母親の世間話のなかで、知人の結婚や出産の話が出るとひやひやした。

けれど、その秘密は秘密のまま、母親は逝ってしまった。

母親が急に亡くなったことも、その点でだけはよかったと思える。少なくとも、長谷川は母のまえで最期まで、普通のよい息子でいられたのだ。

「付き合うならゲイの男の子がいいなぁ」

気楽な調子で由美子が言う。

「言ってること矛盾してますよ」

「そうは思うんだけどさ。でも、こうやって女の子の気持ち分かってくれたり、好きなもの知っててくれたりするじゃない長谷川くん。それが自然にできるってやっぱりゲイの男の子だからこそかなぁって思って。ほかの男の子ってさ、なぁんか、女の子に気遣えるオレカッコイイ、って思ってるのがみえみえでやぁな感じするんだよね」

「それは由美子さんのこと恋愛対象にしてるからでしょ。かっこいいとこ見せたいなんて男の普通の欲求じゃないですか」

「そうなのよ。その普通のことが嫌だから、困っちゃうんだなぁ。どっかに偽装結婚したがってるゲイのお友達いたら紹介してー」

そんなことを言いながら由美子はけらけらと笑う。

その軽い笑いにため息をつきつつ、長谷川は持参したファイルを開く。企画のメモが記されている箇所に目を落としながら、ゆっくり言った。

「たぶん、母親しかいない環境で育ったからでしょう、ゲイだからじゃなくって。ほら、女姉妹《きょうだい》多い男といっしょで、そういうやつって女の子のご機嫌とるの妙にうまいって、多々あるじゃないですか」

「うーん……ね、このBランチと、スペシャルプレートとどっちがいいと思う？」

由美子が唐突に話題を変える。どうやらオーダーに悩んでいるらしい。

「そりゃこっちでしょ。低カロリー」

「そうだ。やっぱすごいわ長谷川くん」

一瞥《いちべつ》で判断すると妙に感心されてしまう。

自分ではそれほど女性に近い感覚を持っているつもりはないのだが。

運ばれてきたプレートにフォークを運びながら、話題はやはりあの企画のことになった。

「集まるかしら、人」

「大丈夫でしょう、既存の会員で該当する方には案内状を出すって所長がおっしゃっていたし、たとえばなんらかの事情で妊娠や出産が望めないって人にも参加権があると思います」

「そうね……けどそれだとかなりプライバシーにつっこむことになるから、ちょっと不安もあるな」

「問題と言えば、イベントの間、子供たちはどうするのかっていうのがいちばんじゃないですか。預かってくれる人がいればいいけれど、シングルマザーやシングルファザーの人たちみんながみんなそうとは限らないし、逆に子供たちも参加できるようなイベントを考えるとなると……」

バジルソースのパスタをフォークで巻き取っていた由美子がくすくす笑った。

「なんですか」

「長谷川くんいつにも増して真剣だなぁと思ってさ。眉間にしわ寄ってるんだもん」

「だって、」

言いかけて、やっぱりやめる。それからあとは軽い話をしつつ食事に専念した。

だって。

だって、結婚とか、ましてや子供のいる家庭なんて、長谷川には到底手に入らないものなんだから。絶対に手に入らないものを諦《あきら》めるかわりに、それを掴む人の手助けができたらと思うのだ。

十代のころ傷ついたあの「家庭」という、長谷川にとってはお伽話《とぎばなし》みたいな世界に、ほんとうはだれより憧れているんだ。

◆

伊知地の会社は老舗《しにせ》のおもちゃメーカーで、新宿西口のオフィス街にある。

現在ハウスキーパーを雇ってひとり住まいしているのが新宿三丁目の駅に近いあたりだから、通勤時間はほとんどかからない。

ひし形の石畳を縦に並べたような通路の先に、「童輪社《どうわしゃ》」という社名の入ったプレートがあり、その横に回転ドアがある。

ちなみに「童輪社」は、戦後、はやく子供たちが輪になり、安心して遊べる日が来ますようにという願いをこめて祖父がつけた名前だ。

回転ドアを通ってビル内に入ると、ショーケースに自社製品のおもちゃが並べられている。主に扱っているのは知育玩具《ちいくがんぐ》。厳選した素材を使い、徹底した安全性の追求を掲げていることに加え、乳幼児教育の第一人者である著名人がテレビや雑誌で童輪社の玩具を強く推薦《すいせん》したことからブームになり、価格が他社に比べかなり高設定であるにもかかわらず、現在に至るまで信者とまで呼べそうな顧客が後を絶たない。童輪社のおもちゃを子供に買い与えることができるというのは、もはや一種のステイタスになっている。おかげで売り上げは安定して伸び続けている。ゲームや版権ものの玩具は作っていないが、知育玩具の分野では同業他社で右に並ぶものはいない。

玩具を扱う仕事に不満はない。幼いころから将来はおもちゃを売る会社に入るのだと言い聞かされてきたからかもしれない。玩具で遊んだ記憶はあるが、玩具に対してなんの思い入れもないのも、ただの商売道具だと認識できていい。

伊知地の姿を見つけると、お揃いの制服を着た受付嬢ふたりがぱっと立ち上がり頭を下げた。

「おはようございます」

毎朝これだ。取引先の人間でも来たならいざしらず、単なる社員である伊知地への対応としてはややおかしい。親族経営で、社長が祖父で専務が父で人事部長が叔父《おじ》で……いずれ伊知地もその例にもれず、出世していくのだろうことは分かっているけれど、それでも、不快なものは拭えない。

自分でなく、その後ろにある伊知地の家というもの……それに対して頭を下げられても嬉しくもなんともない。

自分は、その血ではなく、実力でのしあがったのだと思われたい。

エレベーターを待つ間、ちらりと受付に目をやってみると、受付嬢たちは「こっち見たよぉ」と、きゃあきゃあやっている。動物園の珍獣ではないのだから、こっち見たもあっち見たもないものだ。なんなんだ一体。

伊知地は内心憤慨しながらエレベーターに乗り込んだ。

七階の自分のデスクまで行くと、隣の席の同僚がふいと顔を上げる。

「伊知地さん、おはようございます」

その敬語はどうにかならないのだろうか。伊知地はこいつの上司でもないのに。

「人事部長がお呼びです」

「あぁ？」

朝からわずらわしいことを言われる不満で声が尖った。

同僚がやや怯んだ表情でつけくわえる。

「話したいことがあるからって電話ありました。都合つけて会議室来てくれって」

「分かった」

言いながらPCを起動して、緊急のメールがないかチェックすると、人事部長からメールが来ている。

「メールチェックしてないで会議室に来てくれ」とある。

伊知地は周囲もはばからず舌打ちした。行動を読まれていることに腹が立つ。

しかし、人事部長は父親の弟。逆らえないこともないが、メール程度で逆らうほどのこともないと考え直した。

会議室に向かうと、叔父は脚を組み、ぼんやりと外を眺めながら煙草《たばこ》をふかしていた。紫煙が漂う会議室内に顔をしかめる。

「社内は禁煙です」

「挨拶《あいさつ》もなしにそう堅いこと言うなよ恭平くん」

伊知地はこの叔父の、なれなれしい喋《しゃべ》り方が以前から気に入らなかった。

「お話というのはなんでしょう」

「まあ、急がずにと言いたいとこなんだがな。恭平くんも多忙だろう」

多忙、のなかに微妙《びみょう》な含みを感じ取る。

伊知地家の、つまり母親のほうの血を引いている人間は自分だけだ。あの子供も伊知地の血を引いているが、まだ三歳では話にならない。

ということは、恭平はどうしてもいつかこの叔父を追い抜く立場だ。将来の社長候補として多忙なんだろうという意味に聞こえる。

「恭平くん、その若さでお姉さんの子供引き取ったんだって?」

「ええ、まぁ」

「子供の面倒っていうのは大変だろう。恭平くん一人暮らしなんだし、以前から言ってるけど、うちの娘を手伝いに行かせようか？」

「いいえ、ハウスキーパーに任せてありますから。昼間は保育園に預けてますし。ご心配ありがとうございました。失礼します」

話は終わりだと言わんばかりのすばやさで踵《きびす》を返そうとすると、叔父に引き止められる。

「待ちたまえよ、うちの娘は大学出たあと多少の習い事している程度だから、時間あるんだよ。家事の腕も保証する。父親の自分が言うのもなんだけど、器量《きりょう》だってそう悪くない。恭平くんはうちの娘のこと嫌いか」

「なんの話をしたいんですか」

硬い声で言い、剣呑《けんのん》な光を宿した目で叔父をぎろりと睨む。

以前から叔父は自分の娘と伊知地を特別な関係にしたがっている節があった。現専務、つまり伊知地の父とは徹底的に気が合わないようなので、せめて息子のほうだけでも自分の側へ取り込みたいのだろう。

「やぁ、恭平くんはなに言っても取り付く島がないなぁ」

叔父はへりくだった笑いを浮かべ、後頭部をぽりぽりと掻く。

「じゃあ、これだけでも行ってみないか」

そう言って叔父が取り出したのは薄い冊子だった。なにかの案内のようである。

「なんですか……結婚相談所?」

「そう、そこの所長とは古くからの知人でね、今度シングルマザーとシングルファザーのための会を発足させるらしいんだ。それで、一度恭平くんも様子を見に行ってはどうかと思ってね」

「せっかくですけど、いまの暮らしに満足してますし、結婚するつもりもありませんから」

「もちろん、いきなり結婚と考えなくてもいいんだ、恭平くんはまだ若いんだし。ただ、もしかしたら何かあるかもしれないだろう。人生っていうのは、どこでどんな出会いやチャンスがあるか分からないもんだよ」

あんたの兄が伊知地家へ婿にはいったことで、あんたが人事部長になっているように、ですか?　と言ってやりたいのをこらえ、皮肉に歪んだ唇《くちびる》を隠すようにうつむいた。

「一度でいいんだよ。そうしたら、うちの娘に対する見方も変わるかもしれないし」

必死に食い下がる叔父の姿を見ていると、なんだか急に気持ちが冷えてくるのを感じた。それから少し可笑《おか》しくなる。

結婚相談所を勧《すす》めておきながら、叔父の頭にあるのはやはり娘と伊知地をくっつけようという考えだけらしい。一度でも相談所に行けば、触発《しょくはつ》されるとでも思ったのか、それとも相談所に通う女性を見て、うちの娘の器量のよさに気づけと思っているのか、そんなところだろう。

「わかりました。一度だけ、行ってみます」

ここで問答を繰り返すのも時間の無駄だと考え、伊知地はそう答えた。

その裏には、満足そうに相好《そうごう》を崩している叔父への嘲笑《ちょうしょう》がある。

こんなことで自分を懐柔《かいじゅう》することなど無理だ。

幼いころから夫婦仲の悪い両親を見て育ったせいか、結婚願望なんてまるでないし、またたとえ結婚を望んだとしても、それ相応の人物でなければ伊知地の家が許さないだろう。いまどき政略結婚なんて古いと言われるかもしれないが、そもそも親族経営の大企業なんていうのも、伊知地からすれば古いものだ。

実力、ただそれだけでのし上がりたい。

そう願うのに、態度のおかしい受付嬢にしろ、敬語で喋る同僚にしろ、いまから自分に取り入ろうとする叔父にしろ、みんなが見ているのは伊知地の、次期社長を約束されている血筋なのだ。

だれも、ほんとうのおれを見ていない。

◆

「面会ブース空いてます？　えーと十五時から」

長谷川は自分の席から首をめぐらせ、由美子に尋《たず》ねる。

ホワイトボードに面会ブースの予定を書き込んでいた由美子は時計に目を走らせた。

十五時まであと二十分くらいしかない。

「十五時？　もうすぐじゃない。手前のブースしかあいてないわよ、その時間」

「え、いらっしゃるの男性なのになぁ。まぁいっか」

「またいきなりのお客様ね。どなたがいらっしゃるの―？」

「おれもまだ会ったことないんですけど、所長のお知り合いの紹介らしくって。シングルファザーだから、あんた担当なさいよって所長が」

「所長命令か」

席に戻ってきた由美子は、「はいこれ長谷川くんのぶん」と手にした郵便物を渡してくれる。郵便物は結婚式場からのものだ。この相談所で結婚が決まったカップルに式場を紹介することもあるため、そういう業界とのやりとりも欠かせない。

「あ、どうも」

「あちちっ」

文書に目を通していると、隣でコーヒーをすすっていた由美子が小さく肩を跳《は》ね上げる。くすっと笑った瞬間、入り口のドアが開いた。

立っていた人を一目見て、うわ、と思った。

うわ、すごくタイプの顔してる。

淡いグレーのスーツをまとっているのは百八十センチを超すだろう長身で、高い位置からフロアを見渡すその顔は、すっきりと整った美貌《びぼう》だった。すっと通った鼻梁《びりょう》の横にはめ込まれている目は切れ長で、やや薄い唇とともに、怜悧《れいり》な印象を与える。

眼鏡でもかけさせたらすごく似合いそうだ。

きちんとセットされた髪は、染めているのか天然なのか、やや茶色がかっていてさらりとしていた。

こういう顔に弱いという自覚は以前からあったけれど、目の前の人物は理想どおり、完璧だった。

「長谷川さんは？」

「あっ、お、おれですっ」

いきなりその人に名前を呼ばれて驚いた長谷川は、うわずった声で返事をして、飛び上がるように立ち上がった。

「約束の時間より早いんだが、仕事の合間なんだ」

「あ、十五時のご予約の方ですか？」

「ああ」

「こちらにどうぞ」

面会ブースに案内し、どかりと腰をおろしたその人の正面に座る。

近くで見ても、完璧だと感じた思いは変わらない。

ただ、目の前の人は、整った顔立ちをほんの少しも崩したくないというように、無表情のままだ。

その表情のせいか、不遜《ふそん》な態度に見えるけれど、この人が笑うとどんな感じなんだろう、と思う。笑顔とはほど遠い表情をしているから、余計に。

まじまじと見つめてしまいそうな自分を抑えるため、長谷川は入会時のアンケート用紙に目を落とした。

それからふっと気づく。

ここに来ているということは、結婚の相手を探しているということだ。もちろんそれは女性。長谷川の入り込む余地なんてない。好きになるのと失恋が同時なんて、ゲイならだれだって経験があることだろう。いまさらそんなことで傷ついても仕方ない。

長谷川はやっと仕事用の笑顔を顔に貼り付けて正面の相手を見据えた。

「初めまして、長谷川健人と申します。担当させていただきますので、どうぞよろしくお願いします。なにかご要望がありましたら何でもおっしゃってください」

相手はふいと横を向く。女性向けに作られているブースに飾られている花やテディベアを怪訝《けげん》そうに見ているのだ。

淡いピンクと白い小物で飾られたブースはその男にあまりにも似合わず、長谷川は頭を下げて謝った。

「すみません、もう少しシックなブースもあるんですけれど、いまここしか空いていなかったものですから。早速ですが、入会時のアンケートをお願いいたします」

「アンケート？」

聞き返されて、ぴらりと用紙を掲げてみせる。

「ご紹介の参考にさせていただくための資料となるものなんです。どういったお相手をご希望なのか、どんな条件かという……」

「特にない」

「は？」

めんどくさそうな様子を隠さず、即答された言葉に思わず顔をあげてしまう。

男は長谷川の凝視《ぎょうし》をものともせず、コーヒーを出そうとブースの入り口に来ていた由美子を一瞥すると、片手でしっしっと犬でも追い払うような仕草《しぐさ》を見せた。

それから長い脚を組みかえる。

「特にないんだ。適当でいい」

「や、でも大切なことですから……」

「なにかよくある回答っていうのがあるだろ。それを……あんたの裁量で書いておいてくれ」

なおも食い下がると、やる気のない答えが返ってくる。

男は早くも立ち上がろうとしていた。

「あのっ」

「おれはここに上司の紹介で仕方なく来ているんだ。条件なんて考えちゃいないし、結婚する気もない。あんたらは入会金で儲《もう》かるんだから文句ないだろ」

「そんな」

「一度お見合いパーティーみたいなものに出て、義理を果たす、それだけなんだ」

「では、お子様はおひとりで育てていかれるおつもりで？」

「保育園があるしハウスキーパーもいる」

「でもそれでは」

子供は、と聞きかけた先で、すぐ突っぱねられる。

「最初に言ったはずだ。仕事の合間に来ているんだ。時間がない」

「分かりました。では、最低限の質問にしておきますね。お名前とご連絡先だけ……」

「名前は、伊知地恭平」

愛想《あいそう》のかけらもない返事。

その名前を耳にした瞬間、背筋になにかが走った。

伊知地という、珍しい名前。

だけど、長谷川は過去に何度も、その名前を聞いたことがあった。記憶が、不意に鮮明になって浮上してくる。

「健人、伊知地さんのこと大好きだったんだね。お母さんも、伊知地さんのこと大好きだった。とっても素敵な人だったよね。お母さんのことほんとに大切にしてくれた」

ふわりと記憶の泉から浮かんできたのは母の泣き顔だった。

物心つくかつかないかというころから、自分には父親がいないようだとはおぼろげながら分かっていた。けれど、ときおり訪ねてきてくれる「おじちゃん」がいて、その人と母親はとっても仲がよくって、保育園で見かけるほかの子供たちの父親と母親がちょうどそんなふうだったから、もしかしたらこのおじちゃんが、自分の父親になるのかもしれないと、淡い期待を抱いていたのだ。

けれど、長谷川は突然母とふたりで引っ越すことになり、それ以来「おじちゃん」が来ることはなかった。

我慢《がまん》して我慢して、だけどある日とうとう我慢しきれなくなって「あのおじちゃんがぼくのお父さんになってくれるんじゃないの」と訊いた長谷川を抱きしめて、母はこう言ったのだった。

「伊知地さんはお母さんよりさきに、別の女の人と結婚していたの。お子さんもふたりいて。それに、大きな会社に勤めていてね、将来はきっと社長さんになる人だったのよ。伊知地さんはね、ぜんぶを捨ててでもお母さんといっしょになるって言ってくれたの。だけど、お母さんはあの人に苦労をかけたくなかった。あの人の、持っているものぜんぶ投げ出して、いっしょになるって言ってくれる気持ちは本当に嬉しかったわ、だけどね。あの人の将来が、お母さん、自分の将来よりも大切だったのよ。しんどい思い、させたくなかった。だからね、お母さん伊知地さんのまえから消えたの。健人にはまだ難しいかなぁ。大好きな人を守るためには、いっしょにいちゃいけないときがあるって、お母さんは思うの。でも、やっぱり健人はお父さん欲しかったよね。お母さんのせいで淋《さび》しい思いさせちゃってごめんね。お母さん、いっぱい、いっぱい頑張るから。ね、ごめんね」

涙を浮かべながら謝る母の姿を見て、長谷川は「お母さんがいちばんだよ。ぼくお父さんいらないよ」と必死に訴えた。けれど、しばらく母は泣き止まなかった。

母の涙を見て、母を悲しませることを言ってしまったのだということだけは分かった。それで、この質問はもう二度と繰り返さないと誓った。

長谷川にとっての「おじちゃん」――母が愛した伊知地さんという人のことは、幼いころだったこともあり鮮明には覚えていないが、きっとすごく優しくてあったかい人だった。

母親を大切にしてくれていたこと、すべてを捨てても母親を選ぼうとしていたこと、ふたりの未来を断《た》ってでも母親がその人の将来を守りたいと願ったこと。

そんな人なら、きっと。

そういう思い入れのある名前だったから、胸のなかで心臓が跳ねた。

伊知地と名乗るその人をじっと見つめてしまう。もしかしたらこの男は、母親の愛した伊知地さんの息子かもしれないという想像がふっと浮かんだ。それから、それを慌てて打ち消す。

いくら珍しい名前だからと言って、この人はきっとなんの関係もない、ただ偶然におなじ苗字《みょうじ》だっただけ。だって全国に「伊知地」という名前の人間は何人いるだろう。それに、母の愛した伊知地さんのあったかいイメージからはかけ離れている。

だけど、彼が心のどこかに引っかかるのだけは否定できなかった。

人を寄せ付けない態度と、整った容貌に、気持ちが騒ぐから。

「なんなのさっきの男――！　最低！」

伊知地に拒否されたコーヒーカップをフロアの隅の流しで洗いながら、由美子は思い切り毒づいた。

「すみません、なんだかお急ぎだったみたいで」

デスクに戻ってアンケートの空欄をどう埋めるか考え込んでいた長谷川は、由美子を振り返る。

しかし、由美子のうしろ姿から不満のオーラがあふれているのが分かって、長谷川はたじたじとなった。伊知地をかばってみるが、由美子の怒りはおさまらない。

「でも、あたしのこと片手で追い払ったのよ。失礼よ、何様なの」

「まぁまぁ……せっかくの新規入会ですよ」

「でもあれだけさっさと帰ったってことはそんなに結婚する気ないんでしょ？　そういうのが紛《まぎ》れ込んでたらイベントの空気悪くなるわよ！」

「や、でもかっこいい人いたら女性が盛り上がりません？」

冗談めかして言うと、由美子が聞こえよがしなため息をついた。

「長谷川くん……」

「はい？」

「ああいうのがタイプなの？　男の趣味悪いわよ」

「そんな、タイプってわけじゃ……」

由美子は呆れかえった表情だった。

「図星って顔に書いてあるけど？」

面白がっている由美子の言葉に、苦笑が浮かんだ。

先輩後輩というよりも、気の置けない友人みたいな感覚の由美子だから、対等な関係でいられるけれど、そのかわりこうしてよくからかわれる。

仕方なく、小さなため息をついて話題を変えた。

「そういえば、イベントもうすぐですね。どんな感じになるか楽しみだな」

「参加申し込み多少だけど上がってきてるよ。そんなにたくさんじゃないけど、最初っから大人数のイベントは荷が重いし、ちょうどいいくらいかもしれない。そのうちリスト作成してちょうだい、お子様も参加かどうかも含めたやつね」

「はい」

由美子から参加申込書の束を受け取ってぱらぱらと見てみる。

「やっぱり女性が多いですね」

「そりゃあ一般的に考えてシングルファザーよりシングルマザーのほうが圧倒的に多数だもんね」

「出会いの場を提供する立場としては、今後改善の余地ありですね」

どうしたら来てもらいやすいイベントができるのか。

男女比がちょうどよくなるのは難しいとしても、男性会員の参加を増やすにはどうしたらいいのか。

「ねぇ」

考え込んでいたら、由美子に声をかけられた。

「さっきの人も来るの？　伊知地、っていったっけ」

「いらしゃる、そうです。ご案内、お渡ししておきましたから」

またからかうつもりだ。

そう思って、なるべく平静を装《よそお》って答えたが、動揺のにじむ声になってしまった。

「ふぅん。楽しみね」

含みのある言い方をされて、う、と返答に詰まった。

「別に、そんなんじゃないですからっ」

「いいのよぉ、ほかのお客様はあたしに任せて伊知地さんに専念しても。あの態度だとフォロー役が必要だろうし、ねぇ長谷川くん」

そう言われ、自分の唇が尖っているのに気づいた長谷川はうつむいた。

イベントはみんなで楽しめるものをと思って企画した。

どんな義理があるのか知らないが、あの自分勝手を絵に描いたような男が、イベントに来たとして果たしてにこりとでもするのだろうか。

あの男の笑顔を想像しようと一瞬目をつぶってみた長谷川は、すぐに無理だと諦めた。

イベント当日。

会場となったのは、郊外にあるキャンプ場だった。

子供たちはアスレチックで遊べるし、昼食はバーベキュー。

休憩のためにログハウスをふたつ借りて、そこで親交を深めてもらおうという計画だ。

小さな子供を連れてくるシングルマザーもいるため、夕方前には解散ということになっている。子供たちの眠る時間が遅くなってはいけない。

参加したのはシングルマザーが十四名、シングルファザーが五名、子供もたくさん連れてこられている。

そのなかに伊知地と三歳になるらしい子供の姿を見つけて、気持ちが引き締まる。こういう人のフォローができてこそ、相談所職員として一人前だろう。

「伊知地さん！」

弾んだ声で駆け寄った長谷川は、眉間にしわを寄せた顔で迎えられた。

「ああ……」

今日の伊知地は、髪をおろしている。襟《えり》とカフスは白く、身頃《みごろ》がライトブルーのシャツにスラックスという、ラフだけれど、キャンプ場に来るにはかっちりしているスタイルだった。

あんまりカジュアルすぎる服は着ないのかもしれない。Tシャツなんか、一枚も持ってないんじゃないだろうか。

けれど、前回会ったときがスーツ姿だったから、また違った印象で新鮮だった。表情は、以前と変わらず愛想のないものだったけれど、やっぱり長谷川の好みの顔だ。ただ、態度は酷い。

「今日、来てくれないんじゃないかって思ってたから、嬉しいです！　よろしくお願いします」

「一度だけって言っただろ」

伊知地の声は不機嫌そうだったけれど、その言葉に、約束は果たす人なんだな、と思った。

伊知地の背後に突っ立っている三歳くらいの男の子に、長谷川はしゃがんで声をかけてみる。

「こんにちは。お名前は？」

面会時のアンケートで家族構成を聞いていたから、子供の名前は知っていたけれど、長

谷川は知らない振りをして尋ねた。

「いちぢゆうたです」

「悠太くん？」

ずいぶん丁寧《ていねい》に答える子供だなと思いながら聞き返すと、悠太はまっすぐ立ったまま、こくんと頷いた。

伸ばした黒髪は子供特有の細い毛で、それが日の光できらりと輝いた。

黒目がちの瞳《ひとみ》は濃いまつげに縁取《ふちど》られていて、まだ小さな鼻とピンク色の唇にぷっくりと赤い頬《ほお》で、かわいらしい顔立ちだ。

けれど、その表情は硬い。

周りに知らない人がたくさんいるため、緊張しているようだ。でも、伊知地の近くにはいるものの、伊知地を頼るそぶりは見せない。

面会のときに少しだけ聞いた話によると、悠太は伊知地の実の子というわけではなく、交通事故で亡くなったお姉さんの子供を引き取ったのだそうだ。

引き取ってからそれほどの時間が経《た》っていないからか、伊知地にはまだなついていないように見える。

「おにいさんね、長谷川健人っていう名前だよ」

「けんとくん」

「そう。悠太くん、仲良くしようね」

悠太がまたこくんと頷く。

「悠太くんは、すべり台好き？　向こうにおっきいすべり台あるんだよ。いっしょにすべろっか」

「……」

悠太は伊知地の顔色を窺っているようだった。

伊知地は好きにしろよと言いたげな表情でため息をついた。

悠太がびくんと肩をすくめる。

「伊知地さんも、あっち行きませんか」

悠太はおおきなすべり台が気になっている様子だったので、こちらから誘った。

「ほらほら」

そう言って、悠太の手をとり、伊知地を促す。伊知地は嫌な顔を隠さなかったが、反論するのも面倒だったのか、しぶしぶという表情のままついてきた。

すべり台のあたりには子供と母親たちが集っていた。

女同士で話が弾んでいるようで、由美子もそこに溶け込んでいる。

長谷川が連れてきた伊知地と悠太の登場に、若い母親たちはわきたった。芸能人並みのルックスの人間がお見合いパーティーに紛れ込んでいるのだから、無理もないだろう。

「初めまして、わたし中井《なかい》あずさです。こっちは娘のこずえ。三歳になったところなんですよ」

「こんにちは、わたしは野村《のむら》です。そちらの息子さんも、こずえちゃんとおんなじくらいじゃないですか？」

母親たちが質問をしても、伊知地は黙ったままそっぽを向く。

「あ、悠太くんもこずえちゃんとおんなじ、三歳ですよ。ね、伊知地さん」

代わりに答えてみたけれど、伊知地は口を開かない。

中井が別の話題を振った。

「あの、お仕事はなにをなさってるんですか？」

「退屈だな」

伊知地はその一言をぶつけるような乱暴さで口にした。

シン、と周囲が静まり返る。

中井はうつむいてしまった。

「……あたし……」

うつむいた母親の様子になにかを感じたらしいこずえが、中井の足元に不安げな顔で抱きついた。

「あ、中井さん、いっしょにバーベキューの準備しません？　ほら、みなさんも」

由美子がすかさずフォローに入る。

「そうね……」

みんなはしらけたムードでバーベキューの準備をしに行った。

ほかのシングルファザーたちは真剣な様子で女性たちと会話しながら、野菜を洗ったり、串にさしたりと働いている。

本人がこれじゃあ、女性を紹介しようとしても仕方ない。

きっと、義理のために仕方なく参加した場所で、異性相手に愛想をふりまくなんてできないんだろう。

悠太は、きょろきょろと周りを見渡して、なにかを探しているようだった。ここのアスレチック広場にはブランコがないから、ブランコを探しているのだろうか。

それとも、もういないママの姿を探しているとか……。

そう思うと、悠太を楽しませてあげたいという気持ちが先にたった。

「悠太くん、すべり台のぼろっか」

「いちぢさんは？」

悠太が伊知地に訊いた。

いくら慣れていないとしても、いくら母親に会えなくなって不安だとしても、その呼び方はどうなんだろうと疑問がよぎる。悠太にとっては叔父にあたる人なのに。

けれど、伊知地はそれを当然のように聞き流し、短く答えた。

「好きなように遊べ」

「だって！　悠太くん、あそぼ」

「ウン！」

伊知地の許可が出ると、悠太は弾《はじ》けるみたいに笑って走り出した。

ここのすべり台は、階段がふたつ、すべるところがみっつになっている。悠太はすべり台の階段手すりに手をかけ、振り向いて言う。

「ぼくさきだよ！　けんとくんあとから」

伊知地から離れると、途端に緊張がとけたみたいに、悠太はこちらに指示まで出してくる。

「わかったわかった」

長谷川を見上げる顔がにこにこと楽しそうで、あったかい気持ちになった。

それから、何度も何度も悠太に呼ばれ、群がる子供たちに混じって、悠太とすべり台に上り、いっしょにすべった。

ギンガムチェックのズボンをはいた悠太の後ろから階段を上っていると、ときどき悠太は振り向いてえへっ、と笑った。

最初に見たときは人見知りしているのかと思ったけれど、本当は人懐っこい子なのかもしれない。

それからへとへとになるまで悠太に付き合い、すべり台で遊んだ。

小さい子ってどうしてこう何度もおなじことを繰り返してぐるぐるするのが好きなんだろう。自分も、こんなふうに遊んでいたのかな。

悠太がひとりで走り回って遊びだしたので、長谷川は視界の端に悠太を捉え続けながら、伊知地のもとへと行ってみた。

伊知地は休憩スペースに設置されている椅子《いす》に座っていた。屋根があるので日も当たらない。ガーデニング用みたいな白い椅子がやけに似合う伊知地は、持参したらしいモバイルパソコンを開いて、なにやらキーボードを叩いている。仕事だろうか。

唇を真一文字に引き結んでいて、なにを考えているのか分からない。

この人の表情が崩れることってあるんだろうか。

　そんなことを考えながら、それでも長谷川は笑って話しかけた。

「悠太くん、元気でいい子ですね。おれ、くたくたになっちゃったのにまだ走ってる。小さい子のエネルギーには驚かされるな」

　あの小さな身体に、エネルギーの粒がいっぱいに詰まっていて、それがパチパチ弾ける様子を想像しながら言うと、吐き捨てるような答えが返ってきた。

「生命力か。昆虫といっしょじゃないか」

「……こ」

　思わずおうむ返ししそうになって口をつぐむ。

　いまふたりきりでよかった。

　こんなデリカシーのない発言、由美子やほかの参加者たちに聞かれたらおそろしいことになるだろう。その事態を想像して背筋が凍った。

　ちょっと引いてしまう。

　けれど、同時に思うのは、どうして伊知地はこんなふうに思うんだろうということだった。伊知地の考え方はどこか、影を感じさせる。愛情を注がれて、愛情を注いで……そんな生き方をしてきた人間の考え方じゃない。

　なんだか悲しかった。伊知地の生きてきたこれまでの時間がぜんぜん分からないということが、悲しかった。

落ちている自分をごまかすみたいに、関係のないことを訊いてみる。

「伊知地さんは、悠太くんとどんなことして遊んでるんですか」

「悠太とは遊んでない。保育園とハウスキーパーに任せてるからな。充分だろう」

その答えに表情が曇る。

悠太くらいの年齢の子供が欲しがる愛情は、どれだけあっても足りないものだ。きっと、たくさん愛されたいし、たくさん愛されてもまだ足りないって思うだろう。

でも、口には出さずに問いを重ねる。

「じゃあ、悠太くんといつコミュニケーションとってるんですか」

「おまえはこんな仕事くだらないと思わないのか」

質問には答えず、伊知地は別の問いをぶつけてきた。

「おれはこんなお見合いパーティーだなんて、ばかばかしくてやっていられない」

今日初めて、まっすぐに伊知地の視線が長谷川のほうを向いた。

整った顔を見つめても、優しさのかけらも見つけられない。

それなのに目が離せないのはなぜだろう。

「思いません。おれは、この仕事したいって望んでやってるし、そりゃうまくいかないときだって、嫌な気持ちになるときだってあるけど、でも、くだらないって思ったことは一度もありませんよ」

まっすぐ目を見て答えた。

伊知地の目の奥にあざ笑う色が浮かぶ。

「独り身同士くっつけて楽しいか」

「そういうことじゃないんです。おれは、だれかが幸せになる手伝いをしたいんです」

「結婚が幸せ？　ずいぶん短絡的な考えだな」

「イコールだとは思ってません、でも、ひとつのかたちだとは思ってます。家族ができるってすごいことじゃないですか」

そう、家族ができるってすごい。

生まれたときからそばにいてくれる家族。

そして新しく築かれる家族。

当たり前のことかもしれないけれど、いちばん親身になってくれて、大切にしてくれる存在。大切にしてしまう存在。自分の体も心も帰れる場所。

そんな「家族」っていうものは、やっぱりどうしたって唯一の存在だ。

たったひとりの家族だった母親は亡くなったし、長谷川には新しい家族なんて望めないけれど、家族の大切さとか、あったかさとか、そういうものは母親からたくさんもらった。

胸のうちに蒔かれた一粒の種みたいに、家族の愛情はいつまで経っても心のなかですくすく育って、そうしてあちこちで優しさの花を咲かせるのだ。

だれかを大切に思う気持ち、優しくしたいと思う気持ち、人を愛する心。それがその花の持つ柔らかな色。

けれど、伊知地はふん、と鼻で嗤《わら》うと、小さく呟いた。

「家族なんてもの、おれにはわからんな」

「……なんでですか」

声が震えた。哀《かな》しい色に染まった心を隠せない。伊知地の一言が、心をひどく揺さぶった。胸に深く食い込んできて、心臓を潰そうとする、それは鋭い爪だ。

泣きそうに歪む顔を悟られまいとうつむこうとする。

と、初めて伊知地の顔に表情が浮かんだ。

戸惑《とまど》ったような表情で尋ねられる。

「なんでおまえがそんな声だすんだ」

「なんでって……」

伊知地の偏屈《へんくつ》で孤独なところに触れると、いたたまれなくなる。しかも伊知地は、自分自身が孤独であることなんてどうでもいいと考えているみたいだ。

自分でもセーブしきれないくらい、気持ちが一気に昂《たか》ぶった。

「おれ、伊知地さんには、できれば幸せでいてほしいんですよ」

「おまえ……気持ち悪いぞ」

長谷川が言いかけた言葉を遮って、伊知地は言い放つ。

そうだ、こういう、デリカシーのない人だった。でも、それが当然の反応かもしれない。

「気持ち悪い」と口に出して言う人は珍しいだろうが、知り合って間もない男に幸せでいてほしいなんて言われても、困惑するか、気持ち悪いと思うか、そんなところだろう。

「すみません……」

長谷川は頭を下げて謝る。

と、不機嫌な声が降ってきた。

「まあ……もっと気持ち悪いやつはいくらでもいる」

伊知地の微妙なフォローに長谷川が顔を上げると、伊知地はそっぽを向いていた。伊知地の横顔に一瞬灯《とも》った淡い色はかすかな笑みに見えた。照れているのか、顔を背け、微笑を隠したがっている伊知地。それだけのことが、なぜか胸をかき乱した。

「みなさぁん、そろそろお昼にしまーす！」

色とりどりの野菜が並ぶバーベキューセットの傍《かたわ》らで由美子が手を振って呼んでいる。

「悠太くん、ご飯だよ。みんなで行こ」

誘ったものの、悠太はいろいろな高さの丸太を縦に並べて埋めてある遊具のうえでぴょんぴょん跳《と》んで遊んでいて、そこから動きそうになかった。

「やぁだよ！　まだここにいる！」

「ご飯食べてからまた遊ぼうよ」

言いながら悠太のところに行く。

丸太のうえに立っているから、長谷川の胸くらいの位置に悠太の頭がある。抱っこするよというふうに両手を広げてみた。

「やぁだもん」

両手をうるさそうに小さな手が払う。

伊知地が小さく呼んだ。

「悠太」

長谷川の胸の前でびくん、と悠太の身体がすくんだ。悠太は泣きそうな顔になっている。

「悠太くん」

優しく呼ぶと、悠太は上目遣いに長谷川を見て、ぎゅっとしがみつくように抱きついてきた。

「よぉし、ご飯行こう」

そう言って、悠太を抱いたまま昼食が用意されているところに向かう。

小さな子供のために、バーベキュー以外の料理も用意されている。

「悠太くん、なに食べたい？」

「カレー！」

「よし、もらいに行こう」

「伊知地さんは？」

「なんでも構わない」

「じゃ、適当にとって来ますから、どうぞ座っててください」

伊知地は、屋外に木で作られたテーブルと椅子に不審の眼差《まなざ》しを投げていたが、しぶしぶという様子で座った。

それを確かめてから、悠太とふたり、カレーを盛り付けている由美子のもとに行く。

由美子は悠太の差し出す皿にご飯とカレーを盛りながら、耳もとに顔を寄せてくる。

「なんか、長谷川くんと伊知地さんがお見合いしてるみたいね」

「ぶっ」

伊知地のためにバーベキューの串を選んでいたところにそんなことを囁《ささや》かれて、思わずふきだしてしまう。

「からかわないでくださいよ」

「長谷川くん、顔真っ赤」

由美子がからからと楽しそうに笑った。

「はい、これ長谷川くんと伊知地さんのぶんのカレーね。そこのお盆使っていいよ」

「ありがとうございます」

まだにやついている由美子からカレーを受け取ると、悠太と共に伊知地のいるテーブルに戻った。

「みなさんてをあわせましょう、いただきます」

「いただきます」

保育園で覚えたらしい挨拶の文句を唱える悠太につられ、手を合わせて「いただきます」を言った。

悠太はオレンジ色をしたプラスチックのスプーンで上手にカレーをほお張る。

「おいしいね」

ふっくらした丸い頬を持ち上げて、悠太はにっこり笑う。

伊知地は、と見ると、皿の端ににんじんをよけている。

こんなプライド高そうで怜悧な男がにんじん嫌いなのかと思うと、伊知地の人間っぽいところを見つけた気がして嬉しくなった。

「なににやついてるんだ」

「いえ、なんでもないです」

指摘したらプライドを傷つけそうな気がしたので、胸の奥にしまっておくことにする。

食事が終わってからはまた悠太と走り回って遊んだ。

その合間に伊知地とぽつぽつ言葉を交わす。伊知地は不機嫌そうな表情のままだったけれど、話しかければちゃんと答えてくれた。

夕方になるのなんかあっという間だ。

昼寝をしていない悠太はときおり身体をぐんにゃりさせる。目をしぱしぱさせているのも、眠いのだろう。よしよしと頭を撫でてやると、悠太は長谷川の胸にぶつかるようにして抱きついてきた。小さな手が長谷川の服をきゅっと握る。

むずかるみたいに「ん～」と言いながら長谷川の胸におでこをすりつける悠太を、抱っこしたまま立ち上がる。

このまま寝ちゃいそうだなぁ。

そう思っていたら、案の定《あんじょう》、しばらくして悠太の体重がどっと預けられたのを感じた。

眠ってるときと、起きてるときで重みがぜんぜん違うのってなんでなのかな。

長谷川は、そーっと悠太の顔を覗《のぞ》き込みながら思う。

なんかもう、全部無防備《むぼうび》に預けきってくれてるのって、すごく愛おしくなる。信頼、されてるんだなぁ。

母を亡くして、家族と呼べる人がいなくなって、結婚することもできない自分だから、こんなふうに子供を抱っこしている時間が、幸せだった。たとえその幸せのうらにぴったり張り付いているのが心細さだったとしても。いま、この瞬間の幸せに嘘はない。

向こうでは、由美子が今日のイベントの終了を宣言している。同時に配っているのは、これからのイベントの参考にするためのアンケート。

長谷川の胸で悠太が眠っているのに気づき、由美子はそっと足音を殺してこちらにやってきた。伊知地にアンケート用紙や、今後の案内などを渡そうとするが、伊知地はちらりと目をやっただけで「要《い》らない」とさえ言わなかった。

由美子は伊知地にする代わりに長谷川に向かい、「いーっ」と嫌な表情をして見せた。さすがに伊知地に対してはできなかったと見える。

「伊知地さん」

悠太が起きないように小声で喋る。

でも、パソコン画面に目を落としている伊知地は気づいてくれない。仕方なくしゃがみこんで、伊知地のそばに寄る。

「伊知地さん」

「なんだ」

「あの、もう解散の時間なんですけど、伊知地さん車で来てますか?」

「ああ」

「じゃあ、駐車場まで悠太くん連れていきます、疲れて寝ちゃってますから」

「ん」

短く返事をして、伊知地は立ち上がった。

それから、悠太の顔をなぜか不思議そうにじっと見ている。その表情に、少しだけ曇りが混じったような気がした。

眠っている子供なんて、そんなに珍しくないだろうに。

やっぱりこの人のこと、よく分からない。

由美子に先に帰るという断りを入れたあと、伊知地のあとをついて駐車場まで行った。助手席に悠太をおろそうとして、焦る。

悠太が、握った服を離さないのだ。

でも、これだけすやすや眠っていると、可哀想な気がして起こすに起こせない。

「どうしましょう」

困惑して伊知地を見ると、伊知地は即座に答える。

「乗れ」

「え？」

聞き返すと、うんざりした表情の伊知地が尋ねてくる。

「おまえ、家はどこだ」

「船堀ですけど……」

「ちょうどいい。方向は同じだ。乗れ」

ほんとなら、乗らないはずだった。

でも、悠太がよく眠っているから、と自分をごまかして、伊知地の車に乗り込んでしまう。伊知地ともう少しいっしょにいてみたいんだという、本当の理由に気づかない振りをして。

伊知地の住まいは、新宿三丁目のあたりの高層マンションだった。地下が駐車場になっている。

伊知地はそこに駐車すると、パソコンだけを持ってさっさと降りてしまったので、悠太のことは長谷川が抱っこしたまま連れていくしかなかった。起こさないようにそうっと車から降り、伊知地の後ろ姿を追う。

そうしながら、伊知地の背中が広いことに気づく。

長身で手足が長いから、程よい筋肉はついていても、どちらかといえば細身でしゅっとしているのかと思っていたけれど、案外がっしりした体型なのかもしれない。

マンションのエントランスを抜けると、広いロビーに出る。

まるでホテルかという内装に、白いソファがいくつか並べられており、壁には大きな絵がかかっていた。

「おかえりなさいませ、伊知地さま」

企業の受付のようなブースに、美しく歳を重ねるってこういうことなのか、と思わせる中年の女性がスーツスタイルで立っており、伊知地に向かって挨拶したあと、こちらにも柔和な笑顔を向けてくる。

コンシェルジュっていうやつか。本物、初めて見た。

「すごいマンションですね」

「あぁ？　たいしたことはない」

エレベーターに乗り込み、感想を述べるとどうでもよさそうな答えが返ってきた。

伊知地の部屋は二十五階。

エレベーターの階数ボタンを見ると、最上階らしい。この物件の最上階に住んでいるなんて。家賃はおそろしくて訊けない。

おもちゃメーカーに勤めているとは聞いていたが、こんなところに住めるような給料をもらっているなら、だいぶ大きな会社なのではないか。

おもちゃメーカーで伊知地、という名前がついている企業は思いつかない。

けれど、本当にそのおもちゃメーカーが大企業なのだとしたら、母親の言っていた「大きな会社に勤めていて、将来社長になるはずの伊知地さん」という像に近づく。父親が大企業の社長かなにかやっていたら、息子だってこんな物件に住んでいてもおかしくないのではないか。そこまで考えて、長谷川はぶんぶんと首を振った。そんな偶然ありえない。

目の前の伊知地に神経を集中させていたせいで、悠太のことが頭からすっぽり抜けていた。気づいたらいつもどおりの調子で歩いていて、振動を感じたらしい悠太が腕のなかでもぞもぞと動く。

「ここだ」

伊知地が部屋のドアを開けてこちらを振り向いた。

伊知地と目が合う。

今日一日いっしょにいただけだったのに、その一瞬にいろんな思いが頭を駆け巡った。

洗練されたおしゃれな服を着ていて、理知的な雰囲気のハンサムで、でも無愛想でデリカシーがなくって、休日のキャンプ場でパソコン開いて仕事して、そのくせカレーのにんじんはよけて食べる、大人なんだか子供なんだか分からない人。

そして、一瞬だけ見せてくれたあの微笑。

きゅんと胸が疼《うず》く。

この人は「一度だけ」という条件でイベントに参加したのだ。たぶん、もう会うことはない。けれど、一日のうちにいろいろな発見をしたからか、長谷川はこの人を放っておけない、という気持ちになっていた。

「あのっ……」

なにを言いたいのか分からないまま、声をかけていた。

「なんだ」

怪訝そうな表情の伊知地に、せめて「ありがとうございました」と言おうとした刹那《せつな》、悠太がうっすらと目を開けた。

「ん～……けんとくん！」

寝起きはいいようで、こっちを見てすぐ名前を呼ぶ。

これまでか、と苦笑いがもれそうになるのをこらえて、悠太ににっこり微笑んだ。

「よく寝てたね。疲れた？　おうちに着いたよ。おれ帰るから、バイバイね」

言うと、悠太はとたんにくしゃりと顔を歪める。

「やぁだ！　けんとくんともっとあそぶ！」

「わ、暴れないで……悠太くん」

腕のなかでのけぞったり脚をばたばたさせたりして抵抗する悠太が、腕からするりと抜け落ちて怪我《けが》でもしないかとひやひやしながらぎゅっと抱きしめる。

「やぁだ！　けんとくん、かえっちゃいやですー」

どこで覚えたのか丁寧語で主張され、それが思いのほか可愛くて、思わず力が抜けてしまう。

「悠太」

伊知地が鋭い声で一喝《いっかつ》した。

すると、一瞬にして胸元にいる悠太の身がすくむのが分かった。

考えてみたら、伊知地が悠太にかけた言葉を、今日ほとんど聞いていない。

「悠太」という叱責《しっせき》に似た呼びかけと、「好きなように遊べ」という言葉、そのくらいだった気がする。コミュニケーションとっているんですかという質問もはぐらかされたし……。

「じゃあ、けんとくんこんどいつくる？」

悠太は小声で問いかけてきた。

「うーん……」

悠太は黙ってしまった長谷川を見つめ、いまにも泣き出しそうな顔になる。

答えに詰まって伊知地を見ると、伊知地はドアに背をもたせかけ、腕を組んでこちらを見ていた。

「おまえ、次の休みは」

「え」

意外な言葉すぎて、小さく問われた意味に頭がついていかなかった。

思わず聞き返すと、伊知地はめんどくさそうに片手を振る。

「いやならいい」

犬を追い払うような仕草、これはもしかして伊知地の癖《くせ》なのか。

「いやじゃないです！　でも、来ていいんですか？」

「悠太が……なついてるから。ハウスキーパーも休みで、おれじゃ手に負えないときもあるんだ」

「じゃあ、そのハウスキーパーさんの休みに合わせて来ますよ」

「できればでいい。土日のどちらか」

「じゃあ日曜日にお願いします。悠太くん。こんど、おれ日曜日に来るよ。保育園もおやすみでしょう。いっしょにまた遊ぼうね」

そう言うと、悠太はその日いちばんのとびっきりの笑顔を見せた。

「ウン！」

自分が笑顔にしてあげられる子供がいるということが嬉しくて、つられてにこにこしてしまう。

それに、誘われる、というのとはやや違ったが、休日に予定が入ることも嬉しかった。職場の人間関係は良好だけれど、休日に会うような同僚はいない。母が生きているころは罪悪感が先にたって恋愛できなかったし、ひとりになってからもゲイの人を自分の生活範囲内で見つけることが難しく、恋人ができたためしがなかった。

だから、母のいたころは家事の手伝いをし、たまに母に付き合って出かけるというのが休日の過ごし方だった。母が亡くなってからは、家事をやってひとりで家にいるだけの侘《わび》しい休日。

日曜日が待ち遠しいなんて、ひとりになってから、初めてのことかもしれない。

◆

次の日曜日。

リビングの端でらくがき帳にクレヨンを走らせながら、悠太がそわそわしているのを、伊知地は横目でちらと見た。

長谷川が来るのが楽しみなのだろう。そう思うと、なんだか複雑な心境だ。

悠太が泣き出してしまいそうだったから、それを阻止するために、なりゆきで長谷川をまた家によぶことになってしまった。

結婚相談所とはあのイベント一回きりで縁を切ったつもりだったし、露骨《ろこつ》に嫌だという態度を示していたからか、長谷川は無理に女性を紹介しようとすることもなく、悠太と遊んでばかりいた。

だから、あの男に嫌なイメージはない。

が、はっきり言ってとりたてて言うほどの長所もない。

それが長谷川に対する印象だった。

ただ、「こんな仕事、くだらないと思わないのか」と問うと、自分の考えをぶつけるような勢いで語ってきて、そのときだけは見直した。

仕事に対して、自分の考えを持って取り組める人間が伊知地の周りにあまりにも少ないからだ。みんなが望んでいるのは、肩書きであり、給金が上がることであり、仕事の本質的な部分に自分を賭けているやつなんていない。

だから見直しかけたのに、そのあといきなり「伊知地さんには幸せでいてほしい」などと言い出して驚いた。それも、尋常じゃない真剣さで、その目はいまにも泣きそうに濡れていた。

あのとき伊知地は「気持ち悪い」と言って切り捨てたのだが、その一方で妙な気分にもなっていた。

そんなに真摯《しんし》に自分の「幸せ」を願われたのは、生まれて初めてのことだったから。

親をはじめ、伊知地の周りにいた人間にそんなやつはいなかった。客観的に見ればなんの不自由もない暮らしをしてきたと、そう言われるんだろうこれまでの人生で、だけど、決定的に欠けていたものがあったことを、長谷川は自分に気づかせたのだ。

その、欠けていたものの名前は――。

ピンポーン。

と、来客を告げるチャイムが鳴った。

モニターを確認すると、緊張した面持《おもも》ちの長谷川が立っていた。

「いま開ける」

モニター越しに声を掛けると、長谷川は四角い画面のなかで、ぱっと見て分かるほど嬉しそうな表情になった。

勢いのある、弾けるような会釈をして、長谷川はモニターから消えた。

「悠太。長谷川が……」

言いかけて振り返ると、らくがき帳の前は無人で、青いクレヨンを握ったままの悠太が玄関でうろうろしていた。

「ちっ」

小さな舌打ちをして、そんな自分に驚く。

いま、自分はなにが気に入らなかったんだ？

悠太が長谷川になついているのは分かってたことだ。別に意外でもなんでもない。

またチャイムが鳴る。

もうドアノブに手の届く悠太がドアを開ける。

紙袋を持った長谷川が突っ立っていた。

「ど、どうも」

目が合った。締まらない挨拶に力が抜ける。

悠太はすでに「けんとくん、けんとくん」と長谷川の足元にじゃれついている。その様子は、子犬が人間に甘える姿を思い出させた。

この感情をどう呼べばいいのか分からないけれど、なぜだか胸がきゅっと縮むような気がした。

「あの、これつまらないものですけど」

「持って帰れ。気を遣われるとこっちが困る」

差し出された手土産の中身も見ずにそう言うと、長谷川はしょんぼりしてしまう。

なんて手のかかる。悠太なら、「悠太」と名前を呼べば言うことをきくのに。子供みたいなやつだ。いや、子供以下。

「だいたい、おまえ休日なのに子守《こもり》に来てんだぞ」

「でも！」

呆れて言えば、悠太に手を引っ張られて先を行く長谷川がこちらを振り返って言う。

「おれは、嬉しくて……今日が楽しみでした」

「子守が趣味なのか。変なやつだ」

呆れたものだ、と、眉間にしわを寄せると、長谷川はなにかを言いかけて、ためらい、口をつぐんだ。

やっぱり、変なやつだ。

「けんとくーん。はやくあそぼっ」

「そうだね、なにして遊ぶ？」

リビングに入ると、長谷川はらくがき帳に目をとめた。

「わぁ、これ悠太くんが描いたの？　青い車だ。上手だね！」

「えへへ。ぼくね、いっぱいかけるよ！」

大きな声で宣言した悠太は、赤いクレヨンでちょっとだけいびつな丸をかき、ぐりぐりと塗りつぶした。それから、黒い点をそのなかに描いていく。

「わかった！　てんとう虫でしょう！」

「ほいくえんでかいたんだよ。みんなでかいて、せんせいがぼくのほめてくれたよ」

「そっかぁ。悠太くんお絵かき上手なんだね。すごいね」

長谷川が悠太の頭を撫でているのを、ソファに腰を下ろしぼんやりしながら眺めた。

と、悠太が長谷川に抱きついた。そのまま、あぐらをかいている長谷川に背中を預ける。

らくがき帳を抱いて、悠太はまたなにかを描き始めた。

ときどき、クレヨンの色を変えている。小さな手がクレヨンの箱に伸びて、それに届かないのに気づいた長谷川が箱を寄せてやっていた。

「できたよ」

「これは……だぁれ？　伊知地さん？」

「ちがうよー。けんとくん」

「おれ描いてくれたの？　すごく嬉しい！　ありがとう悠太くん」

言って長谷川は携帯を取り出し、写真を撮っている。

子供のらくがき一枚に感激しているらしい長谷川の行動に、心の奥が怯んでいるのを感じた。

いつも、保育園の時間以外悠太はこの家にいる。なのに、この家でこんなに悠太がはしゃいで声を上げたことなんてなかった。

それは、母親がいないことと、新しい環境で暮らすようになったことによる緊張のせいなんだろうと思っていて、手がかからないならそれでいい、と放っておいていた。

だけど、そうじゃないいんだと気づかされる。

「伊知地さん、ほら、これ」

長谷川が嬉しそうに笑って、悠太の描いたらくがきをかかげこちらを向く。

「耳がないじゃないか」

伊知地はらくがきに文句をつけるが、長谷川は気にしたふうでもなく、悠太に向き直る。

「悠太くん、耳だって。描き足してくれる？」

「いーいーよー」

悠太は得意げな口調で長谷川の似顔絵だというそれに耳をつけた。

無邪気、ってこういうことか、とふたりを見ていて思った。どうしたって自分にはできそうにない。

それからふたりはベランダに出て、しゃぼん玉を飛ばし始めた。

しばらくして、からりと窓を開け、長谷川が戻ってくる。

高層階のベランダなので柵は高く、悠太ひとりでも危険はないと思ったのだろう。

「伊知地さん、咽喉《のど》渇きませんか」

「悪いが自分でやってくれ。そういうのはぜんぶハウスキーパーまかせなんだ。冷蔵庫になんかあるだろう」

「じゃあ、キッチンおじゃまします」

その声と共に、長谷川の姿が視界から消える。なぜか、ほっとした。が、ほっとした途端に声が飛んでくる。

「伊知地さん〜？　なに飲みます〜？」

答えずにいると、ややあって長谷川がほの白い液体の入ったグラスを持ってやってきた。

「答えてくれないから勝手に作っちゃいましたよ。懐かしいでしょ？　カルピス」

「はぁ？」

「あれ？　子供のころ、お母さん作ってくれませんでした？　おれの思い出の味なんです」

悠太のついでに作ったのか、と思えば、悠太には小さな紙パックの野菜ジュースを開けてやっている。

悠太は、ストローを自分でさすんだと言ってきかない。長谷川からパックを受け取った悠太は力いっぱいストローを押し込んだ。だがそのせいでジュースはストローからあふれてしまう。悠太は目を丸くして「あれれぇ」なんて言い、それを拭いてやりながら長谷川は「びっくりしたねぇ」と笑っている。

伊知地だったら悠太を叱ってしまうだろう。できないことをやろうとするな、と。それからきっとこぼれたジュースは悠太に拭かせる。長谷川みたいに笑顔で世話を焼くのは無理だ。

目の前のグラスに視線を向ける。

グラスのなかでカラン、と涼しげな音を立てて氷が踊った。

長谷川は、だれかのために動くのが苦にならないんだ。それが仕事でなくても、だれかが幸せになるとか、だれかが喜ぶとか、それをいちばんに考えている。

伊知地には理解できない考え方だけれど、でも、それが長谷川のいちばんの優先事項なんじゃないのか。

キャンプ場で、伊知地が「くだらない仕事」と言ったとき、長谷川は真剣に、だれかの役に立ちたいんだということを真っ向から訴えかけてきた。

仕事に対してだけじゃない。こいつはずっと、そう思って生きている。

その気持ちは、こいつの……たぶん、芯にあるものだ。

グラスを取ると、手のひらに心地よい冷たさが伝わった。伊知地の家じゃ、カルピスなんて作ってくれる母親はいなかったけれど。口をつけてみると、こくん、と咽喉が鳴った。

すべり落ちていく液体の、優しい甘さ。

仕事でも家でも、コーヒーを飲みなれている自分には、新鮮な感覚だった。

こういうものを飲んで育ったら、おれはおれじゃなかっただろうか。

悠太とともに、積み木を始めた長谷川を見やりながら、柄《がら》にもなく、そんなことを考えた。

◆

長谷川と積み木で遊んでいた悠太は、昼寝の時間なのか、すこし眠そうにしていたかと思うと、ことんと眠りに落ちていった。

ふう、とあからさまにほっとした様子の伊知地が長い息をつく。幼児のうちは行動の予測がつかなくて目が離せず疲れるというのなら分かる。けれど、伊知地のほっとした様子は、それとはちょっと違う気がした。まだ知り合って間もなくて、距離感を探っている相手と別れた瞬間に出る安堵《あんど》の吐息みたいだ。

「伊知地さんって、もうおじさんなわけですよね」

「おじさんとか言うな。まだ二十五歳だ」

「だって甥《おい》っ子いるんですもん」

「おまえにはなにかいないのか」

「おれは天涯孤独《てんがいこどく》の身の上ですから」

なにか、という言い方が伊知地らしいなとこぼれた微笑のまま、軽い調子で家族がいないことを告げる。ふん、と伊知地が唸るような声をだし眉根を寄せた。もしかしたら、フォローしたいのに適当な言葉が見つからないのかもしれない。が、相手は常識では測れない伊知地なので、フォローしようなんて気は毛頭なく、本当にどうでもいい、と思っているのかもしれない。

けれど、長谷川はことさらに明るい調子で続けた。

「あ、そういえば、相談所のアンケートで知りましたけど、伊知地さんって今年二十五歳なんですよね。おれとタメですよ」

「タメってなんだ?」

「同い年っていうか、同学年っていうか。おれは誕生日まだなんで二十四歳ですけど」

「……四捨五入だけはするなよ」

ぎろりとこちらを睨んだ伊知地は、こくんこくんと咽喉を鳴らしてカルピスを飲み干した。美味しそうに飲む様子がまるで子供みたいだと微笑ましい思いになった次の瞬間、隆起する咽喉仏の動くさまが目に入って、内心どきっとした。

落ち着かなきゃだめだ。自分に言い聞かせるが、意識している自分を意識すればするほど、伊知地のことが気になってしまう。十代のころに戻ったみたいだ。いろんなことに敏感で、熱しやすい。

「なに見てんだよ」

伊知地は街角で通行人に絡む不良のような台詞《せりふ》を発した。そんなに見つめてしまっていただろうか。まごついて長谷川は空になったグラスを手に立ち上がろうとした。

「おはようなの」

そのとき、ドアが開いて小さな声がした。昼寝を終えた悠太が子供部屋から戻ってきたのだ。寝汗をかいた額に前髪の一部が張り付いている。安心素材と大きく書いてあるウェットティッシュでその額《ひたい》を拭ってやると、悠太の目がぱちくりとまばたきを繰り返す。

「ねぇねぇ。トーマスかいて」

まだ寝ぼけ眼《まなこ》の悠太がらくがき帳を差し出す。伊知地のほうを見やると、眉間にしわを寄せて難しい表情だ。

「伊知地さん、描いてあげたらどうですか」

悠太との距離をはかりかねているらしい伊知地のために、気をきかせて言ったつもりだったのだが、伊知地は信じられないという表情を向けてくる。

「おまえ、正気か？　トーマスは……あいつは立体なんだぞ」

真顔《まがお》でそう答える伊知地に、思わず声をあげて笑ってしまった。こんなに楽しく笑うのは、いつ以来だろう。頭の片隅で考えながら、長谷川はまた、伊知地の顔から視線を外せないでいた。

◆

「今回の新作積み木は、従来の自社製品に比べ軽量化を目指しております。これは対象年齢を引き下げ、より多くのお子様に早い段階から積み木に親しんでもらおうという意図で、データ上約八割の子供が積み木を積めるようになる一歳六ヶ月を目安に……」

会議室の一席で、配布された資料に目を向けながら、企画開発部のプレゼンテーションを聞く。

今日は専務取締役である父親も出席していた。父親は、社員の声に触れられる機会だからと、特に急用のない限りは会議に顔を出す。

伊知地は生産管理部に籍を置いているので、企画や開発はしないが、営業部とともに販売数の予測をたて、品切れをしないように生産工場と、素材の手配や納期の管理などをしている。

ふつう、おもちゃは中国や東南アジアの工場で生産されているものが多いが、「童輪社」では、国内工場での生産しかしていない。メイドインジャパンのブランド力で、安全性にこだわる母親たちの支持を得ている。

「なにか、ご質問は」

「その積み木、もう少し特徴《とくちょう》を加えられないか。軽くして、積み木を持てる子供を増やすのも結構だが、それだけでは生き残れないだろう」

専務である父親が口を開いた。

「おもちゃ業界のトータル売上高は毎年それほどの変化はない。しかし、その内訳《うちわけ》を見てみると、ロングセラーになっている版権ものを除けば、そのほかのおもちゃは入れ替わりが激しい。積み木はおもちゃのなかでもかなり定番のものだが、それだけで売り上げが堅いとはいえない」

「では……部署に戻って練り直してまいります」

企画開発の男は肩を落としているようにも見えたが、この程度で落ち込んではいないだろう。百の企画を出したとして、通るのはそのうち二割に満たない。

「続いて、丸型ビーズのおもちゃのプレゼンを」

進行役の指示で、別の人間が立ち上がった。

それをどこか遠くのできごとのように感じながら、悠太と長谷川が遊んでいた光景を思い出す。

悠太と長谷川が遊んでいた積み木も、童輪社の製品だ。ふたりは、カラフルに塗られた積み木で塔をたてては、派手な音をさせて崩すのを繰り返していた。

あの日は、夕方になり帰るという長谷川に「かえっちゃいやだ」と悠太が駄々をこねた。困惑した長谷川が夕食を作ってくれ、みんなで食事をとったが、その後も長谷川が帰ろうとすると、再び悠太はぐずっていうことをきかず、また次の約束もすることになってしまった。このままでは長谷川に毎週ベビーシッターを頼んでいるような状態になってしまう。

「恭平」

声をかけられ、はっと我に返る。

「専務」

見れば、ホワイトボードの文字を消していた社員がドアを出て行くところだった。他の社員はいつのまにかいなくなっている。

長谷川のことを考えていて会議が終わったことにも気づかないとは、不覚だ。

「おい。ほかに社員がいないときくらいその呼び方やめたらどうだ」

父親は傍らで、ほんの少しの距離をとって話す。

「でも専務は専務ですし。家に戻れば変えますよ」

自分だって、はれものにさわるみたいな態度で一線を引いて喋っているくせに。

「変わらないな。恭平の頑固なところは」

父親はゆるく笑う。

「仕事が残ってますので失礼します」

要領を得ない父親の言葉にいらっときて、席をたった。

その背中を、父親の質問が追いかけてくる。

「悠太は、どうしてる」

「さぁ。元気でしょう」

苛立ちにまかせたそっけない返事をし、会議室を後にした。長い通路を、いつもより大きな歩幅で歩いた。

エレベーターはちょうどこの階を通り過ぎたところで、思わず舌打ちした。傍らでエレベーターを待っていた別の社員が、怯えて肩をびくりと震わせる。その仕草にも、腹がたつ。

父子の会話なんて、三十年したことのないことをしようとする父親が滑稽《こっけい》な気がした。できないことはやめておけばいいし、無理やり近づかなくてもいいだろう。

それが自分の、家族に対するスタンスの、はずだった。

伊知地の予想どおり、毎週土日のうちどちらかに、長谷川が来るのが習慣になった。たいていうちのなかで遊び、天気のよい日には近くの公園に出かける。夕食はもう当たり前みたいな顔で長谷川が三人ぶんを用意する。それから、悠太を寝かしつける。

悠太が寝てしまえば、子守をしたがっているらしい長谷川がここにいる意味はないと思うのだが、どうしてだか、ちょっとそわそわした様子で、子供のころの思い出とか、結婚相談所であったこととか、他愛《たわい》もないことを喋って、そのあと次の約束をして帰っていく。

最初のころ、悠太と約束をして帰っていた長谷川は、いまでは伊知地と約束しているようになってしまった。

会社では伊知地の名のせいで、どうしても「将来の社長」という扱いをされてしまう。

両親のいる家に戻ったところで、母親は出かけるのが好きで不在がちだし、父親と顔を突き合わせてみたところで、仕事の話以外になめらかな会話になる話題はない。

マンションに帰っても、必要以上に姿を見せないでくれと言われているハウスキーパーは見事に気配を消しているし、ふだんの悠太は、長谷川とはしゃいでいるときが嘘みたいに静かでほとんど喋らない。

静寂《せいじゃく》のなかで生きているのが、いちばん楽なはずだった。

だれにも干渉されない。

だれとも深くかかわらない。

けれど、そんな日々を長谷川が来る休日が変えてしまった。

長谷川が来る日のにぎやかさを、ときにいらだたしく、ときに恋しく思うようになった。

長谷川が帰ってしまうと、住み慣れたはずの静寂の部屋に、一抹《いちまつ》の淋しさがよぎるようになったのだ。そうして、そんな自分がとても嫌だった。

今日も長谷川は昼過ぎにやってきた。外はあいにくの雨で、公園には行けず、長谷川は悠太とプラレールで遊んでいる。

「ほら、けんとくん！　トンネルだよ」

悠太がはしゃぐので、模型《もけい》の木がいくつか倒れた。

「あーあ、たおれちゃったねぇ」

その、木が倒れたことさえ楽しいようで、悠太はにこにこしながら長谷川と木を元に戻している。少なくとも、自分には見せることのない笑顔だ。

ふっと窓の外を見やる。

今日の雨は、しとしとと、静かに降る細い雨だ。

この高層階の窓を通り過ぎていく雨のしずくは、どのくらいの時間をかけて地上に到達するのだろう。

また、雲から地上までは。

地上で弾けて、ひとつになって、流れていく雨の行き先は。

ぼんやりと、とりとめのないことを考える。どうしてそんなことを考えているのかさえ、分からないままに。

振り返ると、悠太が怪我をしないようにと敷いたマットの上で、今度は積み木遊びが始まっている。

「アンパンマンのおうちつくる」

「いっしょにつくる？」

「ちがう。けんとくんは、バイキンマンのおうちつくるの」

「分かった。バイキンマンはなー、発明家だからなぁ。きっとすごいおうちに住んでると思うな」

長谷川はだれにともなく、意味不明なことを呟きながら積み木を選んでいる。

黄色い積み木で柱を作っているその横顔に問いかけた。

「なぁ」

「はい？」

慎重に積み木を重ねる手に視線をやったまま、長谷川が答える。

「おまえ子供のころ、積み木遊びしたか」

「しましたよ。プラスチック製ので、すぐ割っちゃいましたけど、なかに鈴が入ってる積み木がお気に入りで。懐かしいです」

「ふぅん……子守が趣味なのは、懐かしいからか？」

「伊知地さん……」

と、長谷川が呆れたような声を出す。それからこちらを向いてやけにきっぱり宣言した。

「おれは、子守が趣味なわけじゃないです」

「え」

じゃあなんで毎週ここに通っているんだと訊こうとしたとき、悠太が歓声をあげた。

「できたよー。アンパンマンのおうち。あかいやねだよ」

「バイキンマンのおうちもできたよ。こっちは、青い屋根。あっ、いいなぁ、アンパンマンのおうち、トンネルがある」

尋ねるタイミングを失ってしまった。

悠太が飛び跳ね、長谷川が積んだ「バイキンマンのおうち」をめがけ小さな手を突き出した。

「バイキンマンのおうちこわしちゃうぞ！　あーんぱんち！」

途端に積み木は、当たり前のことだけれどがらがらと崩れる。

悠太とふたりだったら「うるさい」と叱っていたかもしれないけれど、長谷川がいる。

長谷川は酷い音に顔をしかめることさえなく、ちょっとびっくりした表情を浮かべたあと、静かに言った。

「あぁ、バイキンマンおうちなくなっちゃったら可哀想だよ」

「そっか……じゃあ、もういっかい、つくる」

納得したのか、悠太はもう一度しゃがみこんで積み木を手に取る。

大人が積み木でなにかをつくると、どうしても色をそろえてしまいがちだが、子供は色をそろえない。黄色い柱と緑の柱の上に赤い屋根がのせられてトンネルができていたり、赤い塔のところどころ、不規則に青や緑がまじっていたりする。

考えてのことなのかどうか知らないけれど、そういう規則性のない色合いで積まれたものが、大人がつくるものよりはっとさせられ、綺麗だと思わされることがある。

大学卒業後おもちゃメーカーに勤める伊知地は、積み木で例を挙げるなら、どの年齢の子供の手のひらがどのくらいまでの大きさや重さの積み木をつかめるか、というデータならいくらでも持っている。けれど本当は、子供のことをなんにも分かってないのかもしれないと、不意に思った。

「できたよ。バイキンマンのおうち」

「悠太くん上手だねぇ。大きいおうち作ってもらってバイキンマンも喜んでるよ」

長谷川がほめると、悠太は長谷川の胸に飛び込み、頬ずりして甘えた。

「えへへ。あのね、けんとくんだいすき」

「おれも、悠太くん大好きだよ」

悠太がこのマンションに引き取られてきたのはちょうど四月のはじめだから、三ヶ月経つ計算になる。

だけど、その間に伊知地は悠太と会話らしい会話をしただろうか。

確かに、最初は子供と会話なんてしなくてもいいと思っていた。自分が父親に対して、そう思っているように。食事を与え、温かいベッドで眠らせて、危険のないように見張っていれば、子供は育つのだと。

身体はそれでも育つのかもしれない。食事も睡眠も気をつけてやっている。

でも、長谷川が来るたびに、悠太が見せる大輪の笑顔は、いまだ伊知地に向けられたことはない。長谷川にしているみたいに、悠太が自分に抱きついてきたこともない。

おれは、もしかして、淋しいのか？

そう自問した刹那、そんな自分の弱さに腹の底がどっと煮えくり返った。

悠太と長い時間を過ごしているのは長谷川でなく自分なのに。

知り合ったのだって、長谷川より自分のほうが先なのに。

物心ついたころから、ひたすらに努力を重ね完璧を目指してきた自分のどこが、あの頼りなさそうな長谷川に劣るというのか。

きっ、と振り向いて長谷川を睨んだ。

その視線に気づかないで遊んでいる長谷川と悠太の姿。

いまはどこまで高く積み木を積めるかに挑戦しているようで、悠太は子供用の椅子を持ってきて、そのうえで背伸びしていた。

長谷川と微笑みをかわしながら、塔のてっぺんに積み木を置こうとする悠太。積み木の塔はもうぐらぐらしていて、いまにも倒れそうだ。

「悠太」

自分でも、冷たい声を出している自覚はあった。でも、一度口を開いてしまえば止まらない。

「長谷川なんてよその人だろ」

伊知地が言い終えたと同時に、積み木の塔はがらんがらんと派手な音をたてて崩れてしまった。

散らばった積み木を呆然と見やりながら、長谷川も悠太もしばらく押し黙る。

部屋のなかを、静寂というより重い沈黙が支配する。空気がぜんぶ足元に落ちてしまったかのような、重苦しい静けさ。

それを破ったのは、意外にも悠太の叫び声だった。

「いちぢだって、よそのひとだっ！」

「なんだと。もう一度言ってみろ。おれはな、おまえの――」

「ママはっ！」

伊知地の言葉を遮って、悠太が声を張り上げる。

「ママは、いつかえってくるの……！」

いままでずっと、小さな胸のなかに秘めて閉じ込めていたものがあふれ出した、想《おも》いのこもった叫びだった。語尾はかすれてほとんど声になっていない。

けれど、伊知地の怒りはすぐには収まらなかった。

「おまえのママは死んだんだ。もう二度と帰ってこない」

乱暴に言い放ち、顔色を失った悠太を見た瞬間に後悔した。

なんてことを言ってしまったんだ。

「悠太……っ」

呼ぶ声をすり抜けて、悠太は玄関へと駆け去ってしまう。

小さな背中。

あの身体に閉じ込めてあった母親への想いは、どれだけのものだったろう。

「あんた！」

ふだん人の好《い》い笑みを絶やさない長谷川も、さすがに血相《けっそう》を変えて叫ぶ。

「なんてこと言うんだっ」

「ごめん……」

返す言葉がなくて、ただうなだれた。

傍らで立ち尽くす長谷川にさえ、届くかどうか分からない小さな声で、生まれて初めてかもしれない、心からの謝罪の言葉を呟いた。

いままで、誰にも謝らずに生きてきたんだと、そのとき気づいた。

きっと、ひとりっきりで走ってきたから。ここまで。まだ、いなくなった姉の背中を追いながら。

「もっと、うまく伝えるつもりだったんだ。それなのに……」

声が震えた。

「伊知地さん……」

長谷川の手のひらを肩に感じた。

自分のつま先に落としていた視線を、長谷川へと向ける。

厳しい目が待っているだろうと思ったのに、長谷川の目は優しい色をしていて、どうしようもなく泣きたくなった。

「悠太、探しに行かないと」

涙がにじみそうなのをごまかすように、拳をきつく握った。

「はいっ」

長谷川がきゅっと唇を結ぶ。口角の上がったその表情は、伊知地に「だいじょうぶだ」と言っているような気がした。

　エレベーターは一階で止まっていた。それが上ってくるのを待つのも惜しいくらいだったけれど、二十五階なら階段を駆け下りるよりエレベーターを待っていたほうが確実に早い。

　一階に着いてドアが開いた瞬間、長谷川とふたりで飛び出した。

　と、蒼い顔をしたコンシェルジュの女性に呼び止められる。

「あっ、伊知地さま！　いま、お部屋にお電話差し上げていたところだったんです。悠太くんがひとりで出ていってしまったので……」

　やっぱり外に出てしまっていたか。ロビーにいてくれればと思ったのだが。唇をぎりと噛《か》む。おれのせいだ。

　あの小さい身体で、一生懸命に駆けて、駆けて。どこへ向かったのだろう。

「すみません、わたくしが止められればよかったのですが」

　申し訳なさそうに頭を下げるコンシェルジュに長谷川がはきはきとした口調で訊く。

「だいじょうぶです！　それより、どっちに行きました？」

「出て左へ」

「分かりました、ありがとうございます。伊知地さんっ」

促されるまま、マンションから出て左方向へ走り出す。

「心当たりあるのかっ」

細い雨が頬を打ち、張り上げた声の合間から口に入る。

先を行く長谷川の背が答えた。

「こっちは、いつも遊んでる公園がある方向だからっ」

◆

雨の日の公園に人気《ひとけ》はない。

ブランコの下にできた水たまりに、降りやまない雨が波紋《はもん》をつくる。

その波紋がそのまま、心配でどくどくと打つ鼓動のリズムと重なる。

悠太と遊んだすべり台、いまはカバーのかけられている砂場、ばねの上に動物をかたどった椅子がついて揺れる遊具。

そのまま公園の真ん中まで歩き、辺りを見回す。

「いたっ！」

思わずあげてしまった声に、伊知地が肩を掴んでくる。

「どこだっ」

「静かに」

怒鳴りだしかねない伊知地を振り向き、そっと指先を自分の唇にあてる。

それから、土管を倒したみたいな、トンネルのような遊具にゆっくり近づいた。

「悠太くん」

なかを覗き込みながら、静かに声をかけた。

「雨宿りしてるの？」

悠太は膝を抱くようにして、遊具のなかで小さくなっていた。

「おれも入ってもいい？」

訊けば、悠太はゆっくりとこちらを向く。

泣いていたのだろう、黒目がちの大きな目のふちが赤い。

「……いいよ。でも、しーっだからね」

「しーっ？」

「ここは、ひみつのばしょなんだよ」

「秘密？」

聞き返すと、悠太は声を潜《ひそ》めて教えてくれた。

「トンネルはね、ママとぼくの、ひみつのばしょなんだ。ほんとはママとすんでたおうちのちかくのこうえんのトンネルだったけど……ぼく、そこまでいけないし、ママはここのトンネルでもひみつのばしょにしてくれるとおもうんだ」

「ママとの秘密なの？　そんな大事なこと、おれに話してくれてよかったの？」

「うん、ママがいってたんだよ。だいすきなひとにだったら、おしえてあげてもいいんだよって。だいすきなひとだと、ひみつっていいことなんだって」

「そっか」

ひとつ頷いて、悠太の隣に腰を下ろす。悠太の真似をして、膝を抱くように座った。

二の腕の辺りに、悠太の肩が当たっている。

「ねぇ。けんとくん」

不意に、悠太が呼びかけてきた。

その目はこちらを見ておらず、自分の、雨と泥で汚れた靴の先をじっと見つめたままだ。

「ママは、かえってこないの？　もうあえないの？」

「うん。そうなんだ。とっても悲しいけど、そうなんだよ」

穏やかな口調を心がけながら答えると、悠太は二の腕におでこをくっつけてくる。

小さな肩が震えるのを見下ろしつつ、しっかり言い聞かせる。

「でも、ママはずうっと悠太くんのそばで、悠太くんのこと見守ってるんだよ。会えないけど、見えないけど、でもそばにいるのはぜったいだよ」

悠太が、泣き出す寸前のすんすんという息をもらす。

泣いてもいいんだよ、泣いたほうがいいくらいだよと思いながら、そうは言わずに自分の話をした。

「ほんと言うとね、おれもお母さん死んじゃったんだ。だから、家にも帰ってこないし、会いたくても会えない。でもね、いつだってそばにいてくれてるって、おれは信じてるよ」

悠太は初めて、こちらをまっすぐに見た。

「おいで」

その視線をしっかりと受け止めて、悠太を外へと促す。

悠太は、冷たくなってしまった手のひらを引かれ、それでもきちんと、自分の足でトンネルから出た。

伊知地はと見ると、雨のなかで立ち尽くしていた。

悠太の姿を見て安心して力が抜けたように、ぼんやりとした表情をしている。こんな伊知地は初めて見た。

「伊知地さんね、心配したって。悠太くんいなくなって、すごくすごぉく心配したって。悠太くんのこと、とっても大事なんだって」

伊知地の代わりに悠太に言ってやると、悠太は伊知地をぱっと見上げた。

伊知地は、どうしていいのか分からないという困惑した表情で、でも、まっすぐに悠太を見つめた。

と、悠太が「わぁぁぁん」と大きな声で泣き出す。

きっと安心したんだろう。

いっしょに遊べていなくても、たくさん会話していなくても、この数ヶ月、伊知地といっしょに暮らしてきたのだ。伊知地だって、器用とは言えないけれど、伊知地なりに見守ってきたのだ。

それが悠太に伝わっているんだと、そのとき分かった。

だけど、不器用な男は、雨に濡れ、こめかみに張り付いた髪を拭うこともできずに、もちろん、悠太に向かって駆け寄ることもできずに、両手をぶらりと下ろしたままだった。

「こういうときってのは、どうしてやったらいいもんなんだ……」

途方に暮れた声で伊知地が呟く。

「育児に正解はありません。でも……抱きしめてあげたら……」

そう言って、伊知地がかがむのを待った。そうして、悠太に両手を広げてやってほしかった。悠太のためでもあるけれど、なにより、伊知地自身のために。

けれど、伊知地は視線を宙に泳がせて、それからまた泣き止まないままの悠太を見やった。その首が、かすかに横に揺れる。おびえるように、ほんの数センチ、伊知地は後ずさった。

怖いんだ。

いままで、そういうのを知らないで生きてきてるから。

「家族っていうものが分からない」と言っていたあのときのまま。

だから、悠太に拒絶されるかもしれないと思って、拒まれるのが怖くて、駆け寄って抱きしめてやれないのだ。

伊知地は、だれより不器用で、無愛想で、そのくせすごく淋しがりやで、本当はだれよりり愛されたいと願っている。

頬を伝う、降り止まない雨にごまかしてもらって、ほんの一粒、涙を流した。

この人が好きだ。

どうしようもなく。

悠太の傍らでかがんだまま、見上げた伊知地の顔を見つめながら長谷川はそう思った。

悠太はひっく、ひっくと大きくしゃくりあげながら目をこすっている。

「おいで」

見本を見せてあげるような気持ちで、悠太に向かって両手を広げる。

悠太はすぐさま胸にすがりついてきた。

身体が冷たい。

長時間雨にあたっていたせいだろう。いくら季節が夏でも、このままじゃいけない。早く帰って、あったかいお風呂に入れてやろう。

そう思って悠太を抱き上げた。

伊知地と目が合う。

どうしておまえは、そんなふうにできるんだと、その瞳に問われているような気がした。


マンションに帰ると、長谷川は真っ先にお風呂を用意して、悠太を入れた。

悠太は、さっきまでのことが嘘みたいに普段どおりだった。

普段と違うのは、すっかり力を落としている伊知地のほうだ。

お風呂から上がった悠太は、さすがに疲れたのか眠そうだったので子供部屋に行き、寝かしつけた。

すとん、と眠りに落ちていく悠太の、すやすやと平和な寝息を聞いていると、母親もこんなふうに自分を見つめていたんだろうかと考えた。

そんなに小さなときのことは覚えていないけれど。

いつだって、自分に注がれていたあたたかな視線は、いまでも大事に胸のなかにしまってある。

悠太も、大きくなったらこんなことを考えるだろうか。

悠太を起こさないようにそっとドアを閉め、リビングに戻ると、濡れた服を着替えた伊知地が目をつぶってソファに座っていた。

自分で気づいているかどうかは定かではないけれど、伊知地も今日は神経が磨り減っただろう。

眠ってしまったのかもしれない。長谷川はそっとタオルケットをその胸にかけた。

と、伊知地の目がぱちりと開く。

不意に、強い力で手首を掴まれる。

タオルケットを持っていただけで、なにも身構えることのなかった無防備な手首は、伊知地の手のひらの温度を、じんじんと痺《しび》れるように感じた。

「起きてたんですか」

平静を装うのに苦労して、やっとそれだけ口にした。

「今日」

憔悴《しょうすい》しきった声で、伊知地が小さく言う。

「今日、すごく怖かったんだ。悠太になにかあったらって思ったら、すごく怖かった」

知り合ってずいぶん経つけれど、こんなに素直に喋る伊知地を見るのは初めてだと思う。

長谷川はひとつ頷いて、そのままの姿勢で続きを待った。

「これまでのおれは、自分の立身ばっかり考えて生きてきた。だから、悠太が飛び出していなくなったときも、いままでならきっと、自分の保身を考えたと思う。引き取った子供が飛び出して、万が一のことがあったら、周りの評価が下がるのは目に見えてるからな。だけど」

そこで言葉を切った伊知地は、ふっとこちらを見上げた。

いままでの伊知地からすれば、らしくない、すがるような眼差し。

その瞳の真剣な色から、目が離せない。

「だけど今日は、そんなことこれっぽっちも考えなかったんだ。そんな余裕なかった。悠太が無事に見つかって、帰ってきてくれることしか、考えられなかった」

伊知地は最後にぽつりと呟く。

「そんな自分が、不思議だった」

「家族だからですよ」

そっと、大切な言葉を教えるように、その単語を唇に載せる。

「家族？」

知らない言葉を聞いたみたいに、信じられないとでもいうように、伊知地の目がわずかに見開かれる。

その眼の奥にある怯えに向かって、長谷川は微笑みかける。

「悠太くんはもう、伊知地さんの家族になってるんです」

「家族……」

小声で言って、伊知地は大きく首を振った。

「分からないんだ。家族ってものに、おれは幸せなイメージを持っていない。両親は不仲だったし、たったひとりの姉は、なにをやらせても完璧にこなしてしまう、いろいろな才能に恵まれたやつだった。おれはそんな姉が疎《うと》ましくて仕方なかった。なにをやってもおれは姉に勝てなかったから。追い抜きたくてたまらなかった。悠太を引き取ったのだって、そうすれば、勝手に死んでしまった姉を見返してやれるんじゃないかって考えたからだ」

伊知地はそこまで、堰《せき》を切ったように話した。

「伊知地さん。お姉さんのこと、好きだったんですね」

「まさか」

素直な感想だったのに、伊知地は認めようとしなかった。

「どちらかといえば憎んでた」

「でも、勝手に死んでしまったお姉さんのことが、許せなかったんでしょう？　自分が追い抜くまえに、勝手に、って。伊知地さんは認めて欲しかったんじゃないんですか。ご両親にも、お姉さんにも、あなたがいちばんだって、認めて欲しくて頑張ったんじゃないんですか？」

伊知地はゆっくりとうつむいた。

「確かに……おれは淋しかったのかもしれないって、さっきそう思ったんだ。そうしたら急に腹がたって……それで、悠太にあたってしまった」

ふ、と伊知地の唇からかすかな自嘲《じちょう》の笑みがこぼれる。

きゅっと胸を引き絞られるような気がした。

この男は、家族に愛されたくて、でも愛されなくて淋しくて、ひとりで強がって生きてきたんだ。これまで、ずっと。

その淋しさを埋めたかった。自分じゃ無理だと分かっていても、ほんの少しでも、なにかをしてあげたかった。

でもその一方で、伝えることさえままならない恋に落ちていく自分を止めたいとも思った。自覚したばかりの、迷惑にしかならないだろう恋心。小さな芽のうちに、摘み取ってしまいたい。

だから、伝えたい想いのほんの一部を、「いい友人」の顔をして言った。

「悠太くんはだいじょうぶです。悠太くんにとっても伊知地さんは、もう家族になってると思います。家族って、なにがあっても、ぜったい、いっしょに乗り越えていけるものだと、おれは思うから」

ひとつ大きく頷いて、伊知地が続ける。

「こんなふうに人前で素直に喋ったのなんか、初めてなんだ。だけど正直、まだ分かったとは思えない。でも、おまえはおれにないものを持ってるだろう。悠太のこと、これからも手伝ってくれないか」

そう言うと、伊知地はふっと顔を上げた。

視線が絡む、それだけのことに胸が熱くなる。

初めて、伊知地からなにかを頼まれた。

それがすごく嬉しくて、破顔《はがん》するのをとめられず、長谷川は自分でもびっくりするようなはつらつとした声で答えた。

「はいっ」


「ちょっとー、なんかもう少し可愛い柄なかったんですかー、こんなの買ってきてー」

「だめか？」

わずかに唇を尖らせた伊知地に尋ねられたのは、ビニールシートの柄だ。

「だめじゃないですけど……もっとこう、乗り物柄とか、動物柄とか、可愛いのあるでしょう」

「そんなこと言ったって、おれが気に入らなかったんだからしょうがないだろう」

伊知地が買ってきたのはモノトーンのチェック柄だった。

キッチンで押し問答を繰り広げていると、悠太がてとてとっと駆け寄ってきて言う。

「まあまあ、ハンコウキですから」

「悠太！　長谷川の口真似するんじゃない」

このところ口が達者《たっしゃ》になってきた悠太をフォローするため、よく口にしているセリフを真似する悠太を伊知地が叱る。

思わずくすくすと笑ってしまうと、伊知地にじろりと睨まれた。

「おまえが甘やかすからだぞ」

「すみません」

小さく謝ると、伊知地はふいとそっぽを向く。

「ねぇね、あした、おゆうぎみてくれるんだよね」

悠太は伊知地と長谷川に訊いたようだが、伊知地は黙りこんでしまう。ちゃんと叱ることはできるようになったくせに、優しい言葉をかけるのは苦手らしい。長谷川は代わりに答えた。

「うん。とっても楽しみだよ。悠太くん、いっぱい練習したんでしょ」

「うん、いっぱいした！」

明日は悠太の保育園の運動会なのだ。

悠太はお遊戯《ゆうぎ》の発表と、父母といっしょに「まほうつかいのでしレース」に出る、と保育園の「おひさまだより」には書いてあった。

保育園の運動会が楽しみな様子の悠太はきらきらした表情を浮かべ、部屋のなかを走り回る。ときおり妙な動きがまじっているのは、おそらくお遊戯の振り付けだろう。

「あ、伊知地さん。お弁当箱ってどこですか？　探したんですけど、重箱しか見つからなくて」

「弁当箱？　そんなものはない」

「え、じゃあ重箱につめるんですか？　お弁当？」

「それもだめなのか」

「いや、だめではないんですけど……」

保育園の運動会に重箱を持っていく姿を想像して、ちょっと複雑な心境になった。まあ、周りはだれもそんなこと気にしないだろうけれど。

お弁当、という言葉を聞きつけた悠太がリビングから走ってくる。

「おかずなにー？　ねぇなにー？」

「内緒」

かがんで言うと、両手でどんっと突き飛ばされた。

手加減を知らない子供の力は案外強くて、長谷川はキッチンの床にしりもちをついてしまう。

「いじわるだぁけんとくん」

楽しそうに言いながら悠太はまたリビングに駆け去っていく。よほど運動会が楽しみなんだろう。お弁当の中身も、開ける瞬間まで知らないでいるほうが楽しみだ。

そんなことを考えていると、横から腕が伸びてきた。

腕まくりをしたシャツから伸びる腕の、筋肉の隆起、なめらかな肌、浮いた血管。

「ほら」

伸ばされた腕のたくましさに、一瞬、息をつめてしまう。

悠太がここを飛び出した日以来、伊知地はなんだか優しくなった。

長谷川が抱えている想いはちっとも知らないまま、優しい素振りを見せられると、どうしていいかわからなくなる。

ただでさえ、明日の運動会に備えて、今日は初めて伊知地のマンションに泊まることになっていて、平常心を装うのに苦労しているのに。

「ありがとう、ございます」

その手をとって、ゆっくり立ち上がる。

手のひらに心臓が移動したみたいに、どくんどくんと脈打っている気がした。

「どうかしたか」

「いやっ、どうもしないです、だいじょうぶっ」

「そうか？」

怪訝そうな伊知地に向かい、こくこくと頷いた。

「ところで、今日おまえどこで寝る？　おれの部屋？」

「ぶっ」

「なんだよ」

「や、ソファでいいんで、気にしないでください。お弁当の下ごしらえとか、準備とか、いろいろあるんで……」

「なめてんのか。おれがおまえをそんなとこに寝かせるわけないだろ」

キレ気味に言われてたじろぐ。

そんなこと、言わないでほしい。

やるせない想いは、胸の奥の泉にさざなみをたてる。

切ないような、どうしていいかわからないような、疼く胸をもてあます感覚。

深まっていく恋心が怖くて、無言でうつむいた。

「なめてないですよ。伊知地さんはリビング行っててください。おれ、お弁当のおかず作っちゃうんで」

言うと、伊知地はリビングに向かわず、脚を組んでダイニングテーブルに座り、雑誌を開いた。

キッチンに居座るつもりか。できるだけ距離をとりたいのに。ほんとうは、とても近くに行きたいのだから。

見やると、いつもファッションやインテリアの雑誌を眺めていることの多い伊知地の手にあるのは、育児雑誌だった。

悠太のためか、それともおもちゃメーカーに勤める身としての仕事の情報収集。わからないけれど、伊知地は変わった。

傲慢に見える態度や、ちょっとずれている感覚はいままでどおりだけれど、悠太と以前よりは話すようになったし、なにより、ときどき笑ってくれるようになった。

その笑顔が、こちらの心をかき乱すのは困ったことなのだけれど、でも、その自分の困惑以上に、伊知地の笑顔を見られることが、嬉しかった。

なにも言わず、伊知地のまえにコースターと麦茶を置く。

それからおかず作りにとりかかる。手早くできるものは朝にして、ハンバーグのたねをこね始める。

ときどき、ちらりと伊知地を見る。

伊知地はたいてい雑誌に視線を落としていたけれど、何回かに一回は、こちらを向いている伊知地と目が合った。

見られている、という意識がまた身体をすくませる。

もちろん、好きな人に見られているのは決していやな感じじゃない。だけど、どうしていいかわからない。どうして見られているのかもわからない。

伊知地は、なにを考えているんだろうと、どこかいたたまれない思いになりながら、長谷川はハンバーグ作りに意識を集中しようと努《つと》めた。

途中悠太を寝かしつけに行き、下ごしらえとか後片付けとか、わざとたっぷり時間をかけてやり終えた後、先に寝ると言って姿を消した伊知地の部屋のノブを、おそるおそるまわした。

伊知地は広いベッドに身体を沈みこませ、静かに眠っていた。

ベッドに触らないように気をつけながら、その顔をそっと覗きこむ。

整った顔を、穏やかな眠りが包み込んでいるようだった。

夜の帳《とばり》は柔らかく、部屋を満たす。

ごくん、とつばを飲む自分の咽喉の音が、やけに大きく響いて聞こえた。

「おやすみなさい」

遮光カーテンなのか、月明かりはほとんどどこに届かない。

その月明かりと同じようにほんのかすかな声で言い、ベッドの脇に置かれていた客用布団を敷いた。

緩やかな呼吸が聞こえる。

自分の鼓動は、もっと大きく。

伊知地が寝返りをうつ。

ふかふかした布団のなかから伊知地の背を見上げる。あの傍らに、いつか、なんて願いを抱く胸を、押しつぶすみたいにぎゅっと自分で抱きしめて。

儚《はかな》い想いが、どうかこれ以上育たぬように、瞳を閉じて祈りながら。


翌朝。

あんまり眠れなかった目をこすりながら身体を起こした。

ふっと横を見ると、ベッドの脇で伊知地が着替えているところだった。裸の背中がひらりとシャツを羽織《はお》る瞬間が目に入って、思わずばっと目をそらした。

その気配が伝わったのか、伊知地がこちらを向く。

「起こしたか」

「いいえ。おはようございます」

「いい天気だぞ」

見上げると、遮光カーテンの隙間からまばゆい光があふれていた。

絶好の、運動会日和《びより》。

悠太を起こし、支度《したく》をして会場に向かう。

会場は、保育園の隣にある小学校のグラウンド。小さな保育園のグラウンドでは、保護者がみんな入りきらないという問題があったらしい。

開始時刻の九時前に着いたけれど、あたりはもう子供や孫の応援に来た母親や父親、祖父母などでごったがえしていた。シートやビデオカメラを持った父親が、場所取りのためにあちこちで苦戦している。

そんななか、伊知地は悠々と隅の木陰《こかげ》にシートを広げた。近くで応援しようという気持ちはないのか、気恥ずかしくてできないのか。たぶん後者だろう。

悠太の担任だというジャージにエプロン姿の若い女性が挨拶にやってきた。

「おはようございまーす。こちら今日のプログラムです」

伊知地が手を出さないので、ピンク色の紙をこちらで受け取る。

「あ、ありがとうございます」

てやっている。


「お父様ですか？」

「けんとくんはね、おともだちだよ」

　悠太が先生にそう言うので、あいまいに笑って頷いた。

　先生はよくわからないなという表情でまばたきしながら、口には出さず悠太の頭を撫でてやっている。

「えっと、三歳児クラスは出番早めにしてあります。父兄の方と悠太くんのペア競技はどちらが……？」

　問いかけられて、伊知地を仰ぎ見る。

　遠くに視線をやっていた伊知地は、目を合わせるとグラウンドのほうを顎《あご》で示した。

「おまえが行けよ」

「えっ、おれですか？」

　戸惑う声で尋ね、抗議しようとした声は先生のにこやかな声に遮られる。

「分かりました。出番終わったらいつお帰りになっても結構ですので。お帰りの際はおみやげありますから、門のところで受け取ってくださいね」

「はい。よろしくお願いします」

　忙しそうに駆けていく後ろ姿に声をかけ、礼をした。

長谷川は伊知地を振り返り、恨めしげな視線を送ってみたけれど、伊知地のほうは抗議の眼差しなんてどこ吹く風、で涼しい表情をしていた。

「あっ、おっきいありさん！　ありさん！　どこいくの～？」

悠太が木の幹を上る蟻《あり》を見つけてはしゃぐ。

「わかった、このうえがありさんのひみつきちなんだね！」

悠太と、伊知地と、長谷川のうえにそびえるように見える大きな木は桜だろうか。グラウンドの周囲をぐるりと囲って植えてある。

風に吹かれて揺らぐ梢に、鮮やかな緑の葉が生い茂る。

その葉群《はむら》はまだ夏の気配を色濃く残す強い陽光に、ときおりきらりと輝き、その光のしずくが目に飛び込んでくる。

もう九月、じゃないよ。まだ九月だよ。

夏がそう語りかけてくるようだ。季節はまだ、秋へバトンを渡さないつもりだ。

グラウンドを見やると、悠太より小さな二歳児クラスの子供たちが、母親とともにお遊戯を披露している。

その、はるか向こうに見えるのは、真っ青な空にもくもくと湧き上がる入道雲と、空を横切って軌跡《きせき》を描く飛行機雲。

なんだかちょっと寝不足気味に見える伊知地は、シートに座り込むと木の幹に背中を預け、目を閉じていた。その周りを、木漏れ日がちらちらと、飾るように踊っている。

伊知地の、白に近いような淡い紫色のシャツがその品のよい顔立ちをますます強調してみせている。今日のシャツは胸ポケットにラベンダーの花を二、三輪挿《さ》しているような刺《し》繍《しゅう》が施されたデザイン。

淡い紫が好きなのか、伊知地の服にはその色が多い。確かにとても似合う色なのだけれど、上品にも見えるくせに、ときどきすごく色っぽくも見えるその色を纏《まと》っている伊知地に、わけもなく卑怯だ、と思ってしまう。

卑怯だ、と毒づいてみせなければならないほど、伊知地はこちらの心をそっくりまるごと持っていってしまってる。

そんなことを考えていたせいで、ポップな曲が終わっているのにも気づかなかった。

放送が入ってはっと我に返る。

「ひよこ組のみなさん、とっても可愛いお遊戯をありがとうございました。続いてうさぎ組のお遊戯発表です。うさぎ組のみなさんは先生の立っている門のところに集まってください」

「あ、ぼくだ！」

そう言って立ち上がった悠太は、「みててよ！　ぜったいだよ！」と大きな声で言い、駆け出していく。

「出番みたいですよ」

小さく言って、窺うように振り返ると、伊知地はすでに目を開いてグラウンドのほうを見ていた。

保育園の運動会なんて興味ない、みたいな素振りをするくせに、たぶん照れくさくていっしょに競技なんかできないくせに、ちゃんと悠太のこと、見ようとしてる。

「うさぎ組の発表は、みんなでいっぱい練習してきたおひさま体操です。手作りのおひさまのお帽子もあわせて見てあげてくださいね～」

そんな放送とともに、NHK教育の子供番組でよくかかる曲が流れ出す。

「さぁ、おひさま体操、始まるよ～」

担任だと言っていた先生と、もう二、三人の先生が子供たちの間に立って叫んだ。

「はーい！」という元気な返事が青空に吸い込まれていく。

三歳児だと、集中すべきときに集中できない子もいるようで、子供ならではの気まぐれを発揮して、ぼーっと突っ立っている子や、しゃがみこんで地面にらくがきし始める子供もいた。

でも、悠太は満面の笑顔で、曲に合わせて一生懸命踊っている。

「あれ、悠太が作ったのか」

背後で伊知地が呟くように問う。

「あのおひさまのついた冠《かんむり》ですか？　放送で言ってたし、みんなちょっとずつ違うのかぶってるし、手作りなんでしょうね」

踊る悠太をしっかり視界に捉えたまま答えると、伊知地は「ふん」と小さく唸った。

「見てくる……」

小声で言うと、伊知地は立ち上がり、ゆったりした歩調でグラウンドの中央に向かう。

「伊知地さん！」

なんだか嬉しくて、その背中を追いかけた。

かなり真剣な様子でビデオカメラをまわしたり、カメラのシャッターをきったりしている父親たちの群れをかわしながら、伊知地は悠太の踊るすぐ前に出た。

悠太がこちらに気づくと、ぱぁっと明るい笑顔を咲かせて、振り付けとは別の動きで大きく手を振ってくる。

それに手を振り返しながら、伊知地を横目に盗み見ると、はにかんだような表情で固まってしまっている。

「伊知地さん？」

訊いても返事はない。

「どうしたんです」

「いや……悠太があんな笑顔……」

伊知地はぼんやり呟いた。

強い風が吹いて、砂ぼこりがたつ。

でも、伊知地はまっすぐ悠太を見つめたまま、目をつぶったりはしなかった。

「伊知地さん……ペア競技、悠太くんと出ればいいのに。ほんとは出たいんじゃないですか」

「そんなおそろしいことはできない」

真顔で答えるから笑ってしまう。

「周りお母さんが多いかもしれないけど、お父さんと参加する子だってきっといるし、別に浮きませんよ」

「そういう問題じゃない」

「じゃあどういう問題なんですか」

尋ねたタイミングで、曲が終わった。

悠太たちは円を作って最後の決めポーズをしている。あちこちから起こる拍手に混じって、また放送が流れる。

「うさぎ組のみんな、とっても元気なおひさま体操でしたね。みんなの明るい笑顔、ほんとにおひさまみたいでした。さて、次はきりん組の太鼓の演奏をお届けします」

くるりと踵を返し、もとの場所に帰っていく伊知地を追いかける。

と、後ろから悠太が駆けてきて、手を伸ばしてくる。ぷっくりしたその手をとって、歩調を緩めた。

「ありがとう」

「え？」

聞き返すと、もじもじと身体をくねらせながら、悠太は照れたような表情で笑った。

「みててくれたから」

そんな当たり前のことにお礼を言ってしまうのは、幼くして母親のいないせいなのか、それとも母親のしつけがよかったのか。そこに悠太の不安を見るような気がして、手のひらをぎゅっと握った。

「おひさま体操上手だったね。おひさまの帽子、悠太くんが作ったの？」

「そうだよ。おひさまのえかいたんだ」

言って、悠太は片手に持っていた冠を見せてくれた。画用紙のわっかに、クレヨンで書いたらしいオレンジ色のおひさま。描かれている顔は笑顔だ。

「伊知地さんがね、これ見たいって言ってたよ。見せてあげてね」

「いーいーよー」

言うと、悠太はちょっとぎこちないスキップで伊知地の待つ木陰まで走っていく。

木陰で伊知地は、悠太に手渡された冠を凝視していた。近づいていくと、ようやく聞き取れるような小さな声で、伊知地は言った。

「上手だな」

「えへへー」

悠太は笑う。

でも、伊知地は視線をおひさまの絵に向けたまま。悠太のほうを見ることができずにいる。

悠太の満面の笑顔は、いっぱい、いっぱい注がれているのに、それに伊知地は気づいていないんじゃないか。

だからさっき、踊る悠太がこちらに向かい手を振りながら笑って見せたとき、あんなに戸惑ってはにかんでいたんじゃないか。

時間、かかるのかな。

でも、いま、初めて伊知地は悠太をほめた。

きっと、一歩一歩。ゆっくりでも、近づいていける。

だって家族だから。もう、紛れもなく、「他人」の自分から見たら本当に確かに、ふたりは家族だったから。

仲良くはしてもらってる。伊知地にも、悠太にも。だけど、自分は家族じゃない。そうはなれない。いつまでも、仲のいい他人なんだ。家族ってものができることも、たぶんない。

そっと振り返る。

色とりどりのシートのうえ、笑ったり、喋ったり、はしゃぐ子供を注意したりする家族たち。

分かっていたことだけど、こんな風に、幸せそうに見える家族がいっぱい集まっている小学校のグラウンドにいたら、いやでもそれを再認識せざるを得なかった。

ふっと意識が遠くに連れ去られる。

遠く。十代のころの自分。

だいじょうぶ、分かってたら失望することもない。ひとりで生きていくんだと、覚悟してしまえばあとは楽になれる。

そう、毎晩のように自分に言い聞かせていたころ。

視線が、抗《あらが》えない強さで誘われるように地面に向かっていく。

グラウンドに落ちる長谷川の影は、明るすぎる日差しのせいで、やけに濃く黒く見える。

周りの家族たちの歓声に、自分ひとりが切り離されて、ただあてもなく浮遊《ふゆう》している頼りない存在になったように感じられた。

どこに向かえばいいというのか。いつまでも。たったひとりで。

不意にこみ上げてくる胸の不快な感覚は、激しく荒々しい不安だった。

言い聞かせたってだめだ。自分は知っている。ひとりの怖さ。そうして、覚悟なんて、ずうっとできやしない自分の弱さ。脆《もろ》さ。

「けんとくぅん！」

「長谷川！」

ふと、同時に呼ばれて振り返る。

木陰でにこにこする悠太と、いぶかしげにこちらを見る伊知地。ふたりの姿が鮮やかに目に飛び込んできて、はっと胸をつかれる。自分が抱えているものがなんであれ、いまこの瞬間は、ひとりではない。

「なんですか」

「あのね、おべんとうのじかんだよ」

「あ、そっか。ごめんごめん、ぼーっとしちゃって。伊知地さん、そっちの包みください」

「ん」

差し出された包みを開いて、重箱に入ったお弁当を取り出す。

ミニハンバーグ、卵焼き、たこさんウィンナー、ブロッコリー、ポテト、プチトマト。それから、ふりかけでいろいろな色にしたおにぎりには、切り抜いた海苔《のり》を使って顔をつけてある。

「わぁーい」

悠太が歓声をあげるのに、どこかほっとして、それでもたぶんぎこちないだろう笑顔をつくった。

「長谷川」

「はい？」

「おまえ、だいじょうぶか？　なんか、顔色悪いぞ」

「そうですか？　ぜんぜん平気ですよ」

プラスチックの取り皿とフォークを配りながら言う。

自分でも嘘だなと分かる声しか出なかったけれど、伊知地は踏み込むのをためらう様子で押し黙った。

「……おまえ、なんかあるんなら言えよ」

しばらく沈黙したあと、伊知地はそう言ってくれた。

いつもと違う伊知地の言葉に一瞬、身体が停止する。

なんでこんなタイミングで優しくするかな。ふだんデリカシーないことばっか言ってるくせに。不器用なくせに。

泣いちゃう、だろ……。

そう思った瞬間、わっと涙をあふれさせたのは悠太だった。

「うわぁぁぁぁん」

ほかの家族から離れたところにシートを敷いているからいいようなものの、びっくりするような声で泣き出した悠太に、出かかっていた長谷川の涙は引っ込んだ。

「どうしたの、悠太くん?」

「ママの、ハンバーグ……っ」

一言そう言った悠太は、わっと長谷川の膝につっぷして泣いた。

「ママの?」

尋ねてみても返事はない。

ハンバーグになにか思い出があったんだろうか。思い出させてしまっただろうか。悠太と母親の間の話は、「秘密の場所」しか知らないから、想像をめぐらせるよりほかなく、だからどんなに考えても答えなど出なかったのだけれど。

膝が濡れていく感触に、手を伸ばして悠太の背中や頭を撫でてやっていると、しばらくして悠太は泣き止み、ぱっと顔を上げた。

「つづきたべる」

「うん。さきにお顔拭こうか」

おしぼりで涙を拭ってやると、それから悠太はなにごともなかったみたいないつもの調子でお弁当を食べた。

伊知地はふだんと変わらない様子に戻った悠太を見ると、ほっとした表情になり、それからまぶしげに長谷川を見つめた。

光。きっと、太陽の光がまぶしいんだ。

とっさにそう自分に言い聞かせ、騒ぎ出す胸と気持ちをセーブしなきゃいけない、そんな表情だった。

「お昼休みが終わります。まほうつかいのでしレースに参加する保護者の方とうさぎ組のお友達は入場門に集まってください」

「あ、出番だね。まほうつかいのでしレースってどんなことするの?」

「あのね、いちにんまえになるの」

ものすごく誇らしげに、胸を張って答えられ、それじゃ分からないとは言えずに長谷川は悠太の手を取った。

「伊知地さんちゃんと見ててくださいよ。悠太くんが一人前になるらしいですから」

ちょっと笑いを混ぜて言う。

伊知地が答えるより先に、「はやくはやくっ」と悠太に急かされ、いっしょに門まで走った。

門では担任の先生がスピーカーを片手に説明をしていた。それと同時に、放送でも説明がかかる。

「午後最初のプログラムは、うさぎ組によるまほうつかいのでしレースです。うさぎ組のお友達は、これから魔法使いの弟子になります。お母さんやお父さんといっしょにかけっこしながら、魔法使いの帽子、マント、ほうきを各地点で身につけてください。無事ほうきにまたがってゴールすると、一人前の魔法使いとして、メダルがもらえます」

ああ、だから一人前か、と合点《がてん》がいった。

見ると、小学校のトラックの半分にスタート地点とゴール地点があって、その間に黒い三角の帽子、黒いマント、ほうきが点々と置かれていた。

可愛いレースだ。

「悠太くん、がんばってメダルもらおうね」

「うん！」

元気のいい返事にほっとした。

「よぉい、ドン！」

先生の掛け声で子供たちが一斉にスタートする。別の方向に走っていって母親を困らせている子供もいる。

悠太はてとてとっと走り、帽子をかぶった。

マントのところでは、たどたどしい手つきながらもマントを羽織って、襟元のリボンをがんばって結ぶ。でも、ちょうちょ結びは難しい。周りでは、親にやってもらっている子もいる。

手伝おうかと手を伸ばしたら、「自分でする！」と背を向けられてしまう。保育園のころには、なんでも自分でする、と言ってきかない時期もあるものだ。

悠太は無事にマントを羽織ると、ほうきのところまでいちばんに駆けていった。運動神経がいいのかもしれない。

　と、突然強い風が吹いて、悠太のかぶっていた帽子が飛ばされた。

「あっ」

　悠太が振り返る。

　帽子はトラックを横切り、ほとんどスタート地点まで飛んでいき、赤いカラーコーンに引っかかって止まっていた。

「悠太くん、呪文をとなえて！」

「え？」

　咄嗟《とっさ》に言うと、悠太は不安げな顔でこちらを見上げる。

　不測の事態、というものには慣れていないんだろう。

「魔法使いの弟子だから。呪文をとなえて！」

　もう一度言うと、呪文はそれしか知らなかったのか、悠太は真剣な表情でぐっと両の拳を握ると、大きな声でこうとなえた。

「いっ……いたいのいたいのとんでいけ！」

　それを聞いて、長谷川は帽子めがけておもいっきりダッシュした。帽子を拾い上げ、すぐさま悠太のもとへと戻る。

「わぁぁぁ」

悠太は目を輝かせていた。

「けんとくん、はやぁぁぁい」

「悠太くんの呪文のおかげだよ」

笑って悠太の頭に帽子をかぶせる。

にっと、白くて小さな歯を見せて笑うと悠太はほうきにまたがり、そこからゴールまでを一気に駆け抜けた。


「お疲れ様でした」

帰《かえ》り際《ぎわ》、門のところに張られたテントに行くと、ちょうど担任の先生がいた。

「お疲れ様でした。悠太くん、今日頑張ったねぇ」

「せんせいもがんばったね」

大人の口真似か、悠太は生意気《なまいき》なことを言ってのけたが、先生は笑って悠太の頭を撫でてやっている。

その悠太の首には、まほうつかいのでしレースでゴールした記念のメダルがかかっている。先生たちのお手製らしい、金色の折り紙で作られたそのメダルには「よくがんばりました」と書いてあり、悠太はそれをもらってからずっと首にさげていた。

「伊知地さんも、お疲れ様でした」

と、先生は長谷川を見て言う。

正直に言うと長谷川は単なる付き添いというかお手伝いでしかないいんだけれど、当の伊知地本人が否定しないので黙って笑っておいた。

「あっ、そうだ。悠太くんにおみやげがあるんだよぉー」

そう言って、先生は白い紙袋を取り出す。

「はい、悠太くん」

悠太は早速なかを覗くと、嬉しそうな表情でそこにいる大人たちの顔を順番に見た。

「おかしがいっぱい！」

「お菓子がいっぱい？　よかったね！　なんて言うんだったっけ？」

「ありがとうございます」

促すと、悠太は先生を見上げてはっきりとお礼を言った。

「あの、これお願いできますか」

突然伊知地が一歩踏み出した。手には、デジカメが握られている。

カメラ持ってきてたんだ、とそのとき気づいた。

「あ、いいですよー。そこの、運動会って書いてあるとこで撮ります？」

先生が門の横の、「おひさま保育園うんどうかい」と書かれた看板を示す。縁にはぐるりと、あの懐かしい、ティッシュみたいな紙で作られた花が並んでいる。

「とってとって！」

悠太の弾む声に促されるかたちで、三人で看板の横に並んだ。

「はぁい、撮りまぁす」

カシャッ。

にこやかな笑顔の先生にデジカメを手渡され、伊知地が「どうも」と小さく礼を言っている。

「気をつけて帰ってね」

「はぁい！　せんせいさようなら！」

いい返事をした悠太は、伊知地と長谷川の二、三歩先を機嫌のよい足取りで歩いていく。

「伊知地さん、カメラ持ってきてたんですね」

「まあな」

「なんだかんだ言って優しいですよね、伊知地さん」

おひさま
保育園
うんどうかい
よく
がんばり
ました

「そうでもない。ただ……おれの小さいころの写真なんか、ぜんぜんないから。悠太が大きくなったとき、あったほうがいいかと思って」

優しいですよと、もう一度言いたいのを飲み込んで、そっと横顔を眺めるにとどめた。

まっすぐに伸びたまつげが、描いたような横顔の線のなか、品のいいアクセントになっている。

どうしてこの人なのかと訊かれたら、いくつでも、一晩中でも語れるんじゃないかというほど、理由が見つかる気がする一方で、どれだけ言葉を尽くしても、きっとほんとうのところは語れないだろうとも思った。

気持ちは、心は、自分のものなのに、どうしたって自分の言うことをきいてくれない。

同性の自分じゃ、願うことさえいけないことだと分かっているのに。

加速する想いを止める方法は、分からない。

好きになる、ってこういうこと。

この男は、優しい気持ちで、残酷なことを教えてくれる。

◆

「伊知地さん、コーヒー飲みます？」

「ああ、ありがとう」

　おなじ生産管理部の女性社員から差し出された缶コーヒーを受け取り、礼を言うと、なぜだかくすりと笑われた。

「なんだよ」

　取引先宛のメールの送信ボタンをクリックしてから、視線を投げた。

「いえ……伊知地さん、なにかいいことあったんじゃないですか？　最近、雰囲気柔らかくなったって、社内で評判ですよ」

「……別に、なにもないが」

「でも、以前の伊知地さんって、コーヒー差し出したら、こっちをすごい蔑みの目で見てきて。怖かったですもん」

「そうだったか？」

「こういうの、本人は自覚ないんだなぁ」

　のんびりした口調で言いながら同僚はふわりとした笑顔を残し、自分のデスクに戻っていく。

その背中を見送りつつ、本当は自覚のあることに気づいていた。

いままで、理由のない親切なんてないと思っていて、自分に向けられる笑顔も思いやりも、丁寧な態度も、ぜんぶ、自分にごまをすりたいだけだろうと決めつけていた。

たとえば、コーヒーを差し入れしてくれるのも。だから、きっと相手を蔑んだ目で睨んでいた。

確かに、自分の叔父のように、ごまをすりたいだけの輩もなかにはいるのかもしれないが、そんなに数が多いわけじゃないと、いまは思う。

もらったばかりのコーヒーを持って、リフレッシュルームに向かった。ソファに座り、プシン、と音たててコーヒーを開ける。

目の前に設置されている自販機のなかの、カルピスウォーターのペットボトルを見て、ふっと笑みがこぼれた。

そう思わせてくれたのは、長谷川の存在だ。

長谷川に昔のことをぶちまけて、長谷川の、周りの幸せを無意識に願って動けてしまうところを見てきて、そうしたら自分のなかでなにかが変わったのだ。

長谷川の笑ったところ、生意気な口をきいてくるところ、ときどき目が合うと焦ったようにそらすところ、他愛のない話をしているところ、悠太と遊んでいるところ、いろんな場面が思い出される。

そのたび、どこか……胸の深い部分が、くすぐったくなる。

そのくすぐったい感じが、嫌いじゃなかった。

「あ、お疲れ様です」

自販機に飲み物を買いに来たらしい男がこちらに向かって頭を下げた。

「ああ……企画開発部の」

積み木のプレゼンをしていた男だと思い出し、その話題を振ってみる。

「あのあと、なにかいい案出たか？」

「や、それがぜんぜんですよ。うちってプラスチック使うの嫌うじゃないですか。素材の段階で揉《も》めに揉めて、超険悪ムード……」

本音を漏らしたらしい男が、相手が伊知地家の人間だということに思い当たったのか、はっとした様子になり、慌てて付け加える。

「って、あの、みんな真剣だからぴりぴりするだけなんですけど」

「確かに、社長が木材信仰の人だからな」

祖父を思い浮かべて言う。

祖父は、自然素材で作ったおもちゃを売って、この会社をここまで大きくした人だ。戦後、ブリキやセルロイド製のおもちゃをアメリカに輸出することで復興の道を辿ったおもちゃ業界のなかで、祖父は頑固に自分を曲げなかったのだ。

そんな祖父だから、プラスチックの固くて軽い感じを毛嫌いしていた。

「そうなんですよ。ＳＴ《セーフティトイ》マークがあればプラスチックもなにも関係ないと思うんですけどねぇ」

「まぁな。でもそういえば、子供のころプラスチックのおもちゃ割っちゃって悲しい思いしたってやついたぞ」

「お友達ですか」

「あ、まぁ。そいつ、なかに鈴が入ってる積み木割ったんだって言ってたな。それ聞いて、音が出るから鈴でもいいけど、どっか蓋になってて、なかにいろいろ入れちゃえば悠太喜びそうだな、って……」

はっとして口をつぐむと、開発部の男は首を傾げながらやはり訊いてきた。

「あれ……お子さんいるんでしたっけ」

ふっと息をつく。

訊かれる前はぎくりとしたのに、いざ訊かれてしまうと、自分はこの質問を待っていたんだ、という気がして、そんな自分に少々驚きながらもはっきり答えた。

「うん。いる」

「へぇえ」

男は相槌を打ちながらうずくまって、何本目かのペットボトルを自販機から取り出す。部署みんなのぶんを頼まれてきたのだろう。

「あ、じゃあおれこれで」

ペットボトルの山で両腕がふさがっている男のために、立ち上がってドアを開けてやると、男は瞠目《どうもく》しあんぐりと口を開けた。が、すぐに我に返ったらしく、笑顔を浮かべる。

「ありがとうございます。と……さっきの積み木の話、今度相談のってもらえますか」

「ああ」

頷き、男を見送って、ドアを閉めかけたとき、父親が立っているのに気がついた。

「珍しい場面を見たな」

「なんとでも」

からかうように微笑む父親に肩をすくめて見せ、自分のコーヒーのところに戻った。

「おれもコーヒーにするかな」

ひとりごちて自販機に向かった父親は、こちらに背中を向けたままそれとなく訊いてきた。

「悠太どうしてる?」

「元気だよ。だいぶ生意気な口きくようになって閉口《へいこう》してる」

「ああ、三歳って反抗期だからな。でも、恭平は育児なんてすぐ音をあげるかと思ったら、案外しっかりやってるみたいだな」

ガコン、と落ちてきた缶コーヒーを取り出した父親はゆったりとした仕草で振り返る。

「まあ、ね。強力な助っ人がいるんだ」

「へえ。それは初耳だな。悠太も大きくなっただろ。また一度、悠太と実家に顔だせよ。母さんのいない時間に」

「いま、写真ならある」

答えると、父親は意外だという顔つきで目を見開く。

「へえ?」

「この間、保育園の運動会で、そのときの」

言いながら、スーツのポケットにしまってあった写真を取り出す。

長谷川のぶんもプリントしたから、写真は二枚。一枚を父親に差し出すと、父親は目を細めて、まだ幼い孫を見るおじいちゃんの顔になった。

「ほう、悠太、さすがにちょっと見ないうちに大きくなったな。いい笑顔だ」

「そこに写ってんのが、助っ人の」

世間話のつもりで長谷川のことを言いかけると、父親がそちらに視線を移し、次の瞬間、大きく息を呑《の》むのが分かった。

「……ッ」

「どうした？　父さん」

父親は一瞬のうちに蒼ざめていて、伊知地の問いにも答えない。

ただ、写真を凝視しながら眉間にしわを刻み、怒りなのか悲しみなのか、判断がつきかねるような表情に顔を歪める。

「ちょっと、顔色悪いよ。調子悪いならやす……」

そう言いかけると、弾かれたように顔を上げた父親はこちらの言葉を遮って訊いた。

「この、この人は……」

「だから、悠太の子守によく来てくれてる人だよ」

掴まれた肩を揺さぶられながら説明する。

荒い仕草に、父親の片手にあるコーヒーが床に散る。

でも、父親はそれでは引かず、リフレッシュルームに響き渡る声をあげた。

「そうじゃなくてっ！　名前はっ！」

　ふだん温厚で、めったなことでは声を荒げない父親の剣幕に気圧されながら、どうしたんだろうといぶかしい思いで答える。

「は……長谷川……長谷川健人、だけど」

「長谷川……健人……」

　そう呟いた父親は、糸を切られたマリオネットのように、両手をだらんと下げた。

　それから、小さく謝る。

「すまん……」

「別におれはいいけど、いきなりどうしたんだよ？　長谷川がどうかした？」

「いや……」

　そう、小さく呟くと、父親は憔悴しきった表情で背中を向けた。

　リフレッシュルームをあとにする父親の背中を見やりながら、伊知地は自分も眉間にしわを寄せていることに気づき、表情を緩めようと努めた。

　遠ざかる父親の背中は、小さく見えた。

　最後に意識して父の背中を見たのは、いつだったろうか。少なくとも会社に入ってからじゃない。では実家にいたころか、子供のころか。もう、覚えてないほど以前《まえ》のことだったように思う。

父親は、子供時代の自分には遠い存在だった。

ものごころついたころにはすでに両親の仲は冷え切っていて、父親の心がどこか別の、遠い場所にあるような気がしていた。あのふたりの間には、愛情に似たものを感じたことさえない。「家というおなじ場所にいる」ということでどうにか保たれていた家族だったのかもしれない。

幼いころのことを思い出すと苦い思いに駆られる。

小学校が終わると、毎日塾に行かなければならなかった。遊びに行こうと駆け出す友達の背中を恨めしげに見やり、それでも毎日塾に通った。姉を追い越したい、その思いを支えに。

塾に迎えに来るのはいつもハウスキーパーだった。川原沿いの道を歩き、とぼとぼと家に向かう。そんなとき。

『……ちゃん！』

川原から姉が呼んでいる。勉強せずとも一番の成績をとってくる姉は、塾に通うこともなく学校が終われば夕食までの時間、こうして自由に遊んでいた。ときおり、予定の入っていない母親が姉のそばにいることもあった。こっちはひとりぼっちで、毎日塾に行って、必死に勉強し、それでも姉を追い越せないのに。悔しかった。

姉は伊知地に向かって大きく手を振ると、草むらのなかで何かを探し始めた。草むらには点々と、シロツメクサの花が咲いている。それを見てぴんときた。姉が探しているもの。姉が好きなもの。

ハウスキーパーにランドセルとお稽古バッグを預けると、ざざっと土手を駆け下りた。姉より先に見つけるんだ。

姉より先に——。

思えば子供時代の伊知地はずっとそんなことばかり考えていた。

長谷川には、「悠太くんはもう、伊知地さんの家族です」と言われた。だけど、そうなれている自信が、正直なところ、自分にはない。

なのに、長谷川はまぶしいくらい、悠太と家族に見えた。

家族というものがよくわからないと思っている自分でも、納得してしまう強さで、絆で、結ばれているようで。

もっと正直に言えば、だれかの幸せを望んで、こっちができないことをさらりとやってのける長谷川が、まぶしかった。

長谷川が悠太に注いでいる、愛おしいという気持ちのこもった眼差し。

いつしか、あの眼差しが欲しくてたまらなくなっている。

ときどき目が合うと、そのたびにばっと勢いよく目を逸らす長谷川の、耳まで赤く染めた様子が可愛いとさえ思っている。長谷川がそれほど伊知地のことを意識しているんだということが、嬉しくてならない。その一方で、そんなのは自意識過剰かと不安にもなる。

どうかしている。

そう、頭では思うのに。

心っていうのは、気持ちっていうのは、こうも自分でコントロールできないものだったのだと、長谷川に教えられた。

いままでの自分とは縁遠かったあたたかい家族、というもの、それが持つ優しい響きに、長谷川を重ねて、だから欲しくなっているんだと言い聞かせても、そうじゃない、と心はうるさいくらいに主張する。

だって、いまいちばんそばにいて心地いいのはだれだよ？　いまいちばん会いたいのはだれだよ？　素直になれて、穏やかな気持ちの反面、不思議と胸が騒ぐのはだれだよ？　なんであの写真持ち歩いてるんだよ？　これまで、恋人がいたときでさえそんなこと一度もなかったのに、週末が楽しみで仕方ないのはだれのせいだよ？

どの自問にも、答えられない。

答えるとするなら、それは……長谷川を好きになってるってことだから。

◆

「きのうねぇ、ほいくえんでおたんじょうびかいやったんだよ」

そう、悠太が嬉しそうに話してくれたのは、ちょうど二週間前の土曜日だった。

おひさま保育園では、月ごとに、その月生まれの園児の誕生日会を開いているらしい。その月生まれの園児は、担任の先生手作りの、折り紙と厚紙で作られた王冠をかぶせてもらう。それからみんなで誕生日の歌を歌って、ケーキを食べるのだと悠太ははりきって説明してくれた。

「ぼくは、じゅうにがつうまれだから、まださきなんだって。はやくおたんじょうびかいやりたいな。けんとくんは、おたんじょうびいつ？」

訊かれて長谷川は、ちょうど二週間後、十月の最初の日曜日だと答える。

すると、悠太は幼い眉を寄せてしばし考え込む仕草を見せたあと、さも一大事、という口調で一生懸命にまくしたてた。

「もうすぐだ。おたんじょうびかいやらなくちゃ！　でも、けんとくんはほいくえんいってないから、どうしよう！　こまったねぇ！　おうちでする？　ねぇいちぢさんい〜い？　けんとくんのおたんじょうびかいするの」

そんな流れで、今日は伊知地のマンションで誕生日会を開いてもらうことになっていた。

ほぼ毎週伊知地のマンションを訪れていて、それでひとりで過ごす休日の侘しさはもう忘れていたけれど、誕生日をいっしょに過ごすというのは、また違った特別な感覚がある。

お昼過ぎに行く約束だったのに、妙に早起きしてしまって、午前中をずっとひとりでそわそわしながら過ごした。

マンションへと向かう道すがら、長谷川はケーキ屋に寄ってケーキを買いそうになった。

いくら伊知地がちょっとズレていて不器用だとしても、ケーキの好きな悠太もいることだし、誕生日の人間を家に招くならばケーキくらい用意しているだろう。

自分のぼけた行動に、ああ舞い上がってるんだなと自覚した。

気持ちを伝えられなくても、そんな見込みがなくても、好きな人と誕生日を過ごせるというのはやっぱり、嬉しいことだった。

温かい気持ちが、胸の奥のところからじわじわとこみあげてくる。それが、あふれるまま弾けそうなエネルギーになって、いてもたってもいられない感じ。自分でも不思議なくらい。

そんな気持ちのまま、マンションのエントランスをくぐる。

もう顔見知りになっているコンシェルジュの女性がにこやかな挨拶で長谷川を迎えた。

「あら、長谷川さま。おかえりなさいませ」

その言葉に、はにかんだ笑みがこぼれた。

いらっしゃいませ、じゃなくて、おかえりなさい。

お客じゃなくて、家族。

そんな気がして、緩んでしまう表情を隠せないまま、エレベーターで二十五階を目指す。

ワンフロアに二世帯しか入らない贅沢《ぜいたく》な造りのマンションだから、エレベーターが開くと、いつもどおりすぐに伊知地の部屋のある左側を向いた。

と――、伊知地がドアを背にして立っていた。ひとりじゃない。伊知地の前に、小柄で細身の女性が立っている。ほかに物音のない通路だから、ふたりの会話ははっきり聞こえてきた。

「えみり、来なくていいって言っただろ」

「分かってるよ。いいの、ただ恭平くんの顔を見たくなっただけだから。これで帰るよ」

「おまえな……」

伊知地が仕方ないなと言いたげなため息をついた。

えみりと呼ばれた女性の、背中まで垂れたロングヘアは緩く巻かれている。着ているのは白地に裾模様がある品のいいワンピース。すらりと伸びた脚が履《は》いているのは、高すぎず、低すぎないヒールで控えめなリボンがあしらわれているパンプス。

結婚相談所でいろいろな女性と接しているけれど、いま伊知地の目の前にいるのは、一目で育ちのよさを感じさせる人だった。
二、三歩踏み出したところで足がすくんで動けなくなる。
ばかだな、おれ。誕生日だからって、こんなに浮かれてきちゃって。伊知地さんは大企業の、いわば御曹司《おんぞうし》なわけだから。ふさわしい女性がいるんだ。

それでなくても、自分は男じゃないか。こんな自分が、ちょっと優しくされたくらいで、誕生日に家に招いてくれたからって、調子にのっていいわけがない。特別な存在として、伊知地の隣に立てることは一生ない。

そうだよ。誕生日会しようって言い出したのは悠太くんなんだ。伊知地さんはいやいやだったのかもしれない。でも、悠太くんの願いを聞き届けてあげたかったから、おれをよんでくれた。ただそれだけ。

不意に浮かんできたその考えは、それ以上ないくらい真実だという気がした。

女性が帰るらしく、伊知地に手を振ると、こちらに向かって歩いてくる。

正面からその顔を見たくなくて、勢いよくうつむいた。自分の、靴の先を見つめてじっとしていると、女性は隣を通って、エレベーターに乗り込んでいく。

すれ違った瞬間の、ふわりと香った香水の匂いに、ああ、と思った。打ちのめされた気分だった。

柔らかな身体、清楚《せいそ》なワンピース、手入れを欠かしていないロングヘア、さりげなく可愛らしさをアピールする小さなリボンに、すれ違っただけで香る花の香り。

そのどれもが、自分にはどうしても持つことができないものだったから。

そのどれもが、伊知地にふさわしい女性の条件みたいに思えたから。

うずくまって、頭を抱え、わけもなく叫びだしたい衝動《しょうどう》に駆られた。それを、ぎゅっと爪が食い込むくらいに拳を握ることでごまかす。

こちらに気づいた伊知地は、ドアを開けたまま待っている。だけど、臆病《おくびょう》な心は踏み出せなかった。

「あの、さっきの……なんかお邪魔しちゃったみたいで、すみませんでした」

「はぁ？」

謝れば、伊知地は意味が分からないというように眉根を寄せる。その不機嫌そうな表情に怯む心を奮い立たせた。

「おれ、今日急用ができて。これから会社に顔出さなきゃいけなくなっちゃって。せっかく誕生日祝いしてくれるって話だったのに、すみません。それだけ言いにきたんです。悠太くんにも、よろしく伝えてください。失礼します」

「おい、長谷川」

背中に、伊知地の呼ぶ声がぶつかる。だけど振り向けない。振り向いたら、いま伊知地の顔を見たら、たぶん自分は泣いてしまう。取《と》り繕《つくろ》う声さえ震えていたのに、ぜったい、堪えきれない。ここで泣くなんてへまをしでかしたら、いくら不器用で鈍い伊知地でも、長谷川の気持ちに気づいてしまう。気づかれたら、なにもかも壊れる。もう友人みたいに会うこともできない。

はやくその場を立ち去りたかったのに、さっきの女性が一階で降りたまま止まっているエレベーターは、なかなかここまで来てくれない。さっきの女性の姿がありありと浮かぶ。

「えみり」と呼んだ伊知地の声。「恭平くん」と呼んでいた女性の声。

焦っていると、背中に近づいてくる気配がした。

「すみません!」

なぜ自分が謝るのか、理由もわからないまま、大声で謝ると、長谷川は非常階段に向かって走った。突然そんな行動に出たら、怪しまれるだろう。取り繕うこともできない。だけど、絶対叶わない恋なのに、取り繕ってなにになるんだという考えが長谷川のなかで頭をもたげる。いい友人の振りをしていたって苦しみが長引くだけだ、だったらいっそ自滅してしまいたい。そんな衝動が長谷川を追い立てて、止められなかった。

「ちょ、おい！　なんで逃げるんだよ」

伊知地が背後で驚いている。長谷川は非常階段を駆け下りた。

「長谷川っ！　ばか、待て」

放っておいてくれたらいいのに、帰らせてくれればいいのに、伊知地は転がるような勢いで階段を下りる長谷川を追いかけてくる。

やめて欲しい。こんな、みっともない嫉妬に染まった自分を、見られたくない。

追いかけないで欲しい。こんな、無様な自分を、見せたくない。

大切だから。好きだから。

だから……あなたにだけは、知られたくない。

「待てって！」

伊知地の叫びはもう、すぐ背後で聞こえる。

もつれる足でまだ階段を下りていこうとしながら、無意識に首を横に振っていた。

「っ！」

とうとう、伊知地の手に手首を掴まれる。

振り切ろうと乱暴に腕を振る。だけど、その手は外れない。がっちりと強く捕らえられた手首は、怒ったような大きな手のひらにぎゅっと掴まれている。

「放してくださいっ」

それだけを叫んだ。さっき受けたショックも絶望もぜんぶ、激昂に変えて。

ふっと伊知地を振り返る。

伊知地は、見開いた目をこちらに向けている。その表情に、なにかを逡巡《しゅんじゅん》するような影が走る。

なにをためらうことがあるんだ。

こんな、おれひとりくらい失っても、あなたは痛くも痒《かゆ》くもないだろう。

自然と、川が流れるように、あなたは幸せのほうに行く人なんだろう。

ずっと、光差すところで生きてきた人なんだろう。

「放して……」

今度はか細い声で言う。

昂ぶった気持ちはすうっと静まっていく。

伊知地を見ていた。出会ってから、ずっと。

好きだった。自分は伊知地につりあわない、叶わぬ想いだと知っていてなお、好きだった。

その想いのすべてを消し去ってしまえたら、忘れ去ってしまえたら、きっと楽になれるのに、伊知地の不器用なところ、子どもっぽいところ、臆病なところ、ほんのときどき見せてくれる微笑、それらが鮮やかなまま胸にしまわれていて、捨てることができない。

「来い」

短い沈黙のあと、伊知地はそう言い、手を引いて階段を上りだした。

抵抗する気力もなく、そのまま階段を上りきったおれは、伊知地の家に半ば押しこめられるようにあげられた。

そこまでふたりとも無言だった。なにも、言えなかった。

「悠太、朝からすごくテンション高くて、はしゃいでたんだけど、はしゃぎすぎたみたいで、さっき寝ちゃったところなんだ」

リビングまで行くと、伊知地が小さな声で言った。

「なにか飲むか？　あったかいもの飲んだほうがいい、落ち着くから」

こんなときだけ優しいんだ、この男は。そう思うと、ふ、とまた笑みがこぼれて、我慢しきれなかった。

別になにも悪くなどない目の前の男に、ぶつけずにいられない。

「さっきの人……付き合ってるんですか。おれ、顔は見そびれちゃったけど、お嬢さまっぽくてお似合いなんじゃないですか。家庭的な感じもしたし、きっと花嫁修業なんかも万全で、いい奥さんになりそうですよね。それに悠太くんもよろこぶ……」

「おまえさ」

泣き笑いみたいに震える声で、一気に喋っていると、そこで伊知地に遮られた。

「なんですか」

泣いてしまわないように、って気持ちを張りつめたら、硬い声しか出なかった。

「なんであれだけでそこまで想像膨《ふく》らむんだ？　結婚相談所に勤めてる職業病か」

「違います。おれはただ、ほんとにそう思ったことを言っただけで」

「嘘つけ。思ったことなんか言ってないだろ」

「言ってます！」

いつになく強硬な態度をとる伊知地に、こちらもつられてけんか腰になる。

見上げた伊知地を睨みながら、半ば叫ぶように言うと、伊知地は小さくため息をつく。

呆れられた。それはそうだ。今日の長谷川の態度は、客観的にならなくても充分おかしい。

終わる。そう予感して、心臓がしぼんでいく錯覚を覚えた。

終わる。これまで築いてきた、友達みたいな関係も、なにもかも。

だけど、こんなの、自分からこっぱみじんにして、捨てたようなものだ。

自業自得という四文字熟語が頭に浮かんだとき、伊知地はしょうがないなという口ぶりで小さく言った。

「……もしかしておまえ、おれのこと好きだろ」

「は？　なに言って……」

否定しかかった台詞は、そこまでしか言葉にならなかった。

伊知地が一歩、距離を詰めてくる。反射的にそのぶん、一歩後ずさる。

「おれはさ、おまえのそういう、嘘つけないところ、好きだ。いままで自分に嘘ばっかついて強がって生きてきたからなおさらな。おまえといると、なんでか素直になれるし……おまえのこと、欲しいって思ってた」

「伊知地さん。からかってるんなら、もう少しましな冗談……」

「からかってない。真剣だよ」

その言葉を、伊知地は、ゆったりと、優しく響く声で言う。

それは、ずっと欲しくてたまらなかったもの。だけど、まだ手を伸ばせない。怖い。

「じゃ、さっきの人は」

「さっきのは単なる従姉妹《いとこ》。叔父さんの娘だよ。叔父は娘とおれをくっつけたがってて、辟易《へきえき》してるんだ」

そこで一度言葉を切った伊知地は、まっすぐな視線を長谷川に向けて言った。

「おれが好きなのはおまえだ」

は、と乾いた声が長谷川の口からこぼれた。

「伊知地さん、いまなに言ってるか分かってるんですか？　あなたはゲイじゃないでしょう……信じられない」

後半はまた声が震えだす。

自分では抑えきれなくて、両手で口元を覆うと伊知地に背を向ける。

その背を、伊知地は後ろから抱きしめた。

「試してみればいいじゃないか」

「試して、って……っ！　伊知地さん……」

「なんだ」

「あたってるんですけど」

「ばか、あててんだよ」

耳もとに吹き込まれた囁きが甘くて優しくて、堪えきれなくなる。

あふれた涙はとめどなく流れ落ちる。まるで淋しかった自分の心を埋めようとでもいうように。伊知地への想いみたいに。

頬を伝う涙を、伊知地の指先がそっと拭う。

「泣くなよ……うれし泣きか？」

「ばかっ」

言いながら振り向く。

キッと睨みつけてやるつもりだったのに、両の頬を伊知地の手のひらに捕らえられ、唇を奪われた。

「っ……」

身構えることのできなかった唇から、伊知地の舌は容易く侵入してきた。

両頬にあてがわれた手が、耳を塞ぐ。

柔らかく濡れた舌が、長谷川の舌を捕まえるときの。

絡めとられた舌を優しく吸われるときの。

舌先で口蓋《こうがい》をくすぐられるときの。

そんな戯《たわむ》れの合間の濡れた音が、耳を塞がれているぶん、頭のなかで大きく響く。

ぴちゃっとか、くちゅっという音が頭の芯まで痺れさせていくようで、身体に力が入らない。

抗うことさえできず、長谷川は伊知地の胸にすがりつく。そうしないと、立っていられなかった。

そっと、耳を閉じていた指先がはずされる。

ゆっくりと唇が離れていった、と思ったら、耳の後ろをくすぐられながら囁かれた。

「キスだけでこんな？」

からかう言葉に抵抗したくて、伊知地の胸を押し返そうと試みる。でも、脱力しきった身体では、伊知地の身体を押すことさえ難しい。

抗おうとしたのに、それができなかったのを見透かしたみたいに、伊知地はふっとかすかな笑いをもらし、再び囁く。

「さっきの答え、まだ聞いてない」

さっきの……「おまえ、おれのこと好きだろ？」に、まわらない頭で短く答えた。

踏み出す勇気がないとか、覚悟がないとか、そんな不安はまとめてどこかに消えてしまっていたから。ただ、素直に、自分の気持ちを言葉にする。

「好き、です」

答えたあと、伊知地は満足げな、悪っぽい笑みを浮かべた。

それから、なにか考える隙を与えないすばやさで、ベッドに連れていかれる。

こちらを見下ろす伊知地の表情は、さっきとはうらはらに優しい。でも、遮光カーテンのおかげで昼間だというのにほの暗いベッドルームでも分かるくらい、その瞳は欲情に濡れている。初めての行為への不安はあっても、好きだと思う人に欲しがられているということが、胸の奥を熱く満たした。

ふわりとベッドに沈み込む身体を組み敷いて、しばらく伊知地は動こうとしなかった。獲物《えもの》を捕らえたあと、すぐにはとどめを刺さず、捕らえた喜びに浸りながら獲物を吟味《ぎんみ》する野生動物みたいに、伊知地はこっちを眺めている。

伊知地の、そうしている時間も楽しんでいるような様子に、さきに焦れてしまうのはこちらだった。優しくでもいい、でなきゃ不安さえ引き裂くぐらいにめちゃくちゃにでもいい、ただ、早く理性を奪って欲しかった。怖いのと欲しいのとでぐちゃぐちゃになっている自分をどうにかしてほしい。

見られている、それだけで息があがる。横たわっているだけで胸を上下させ呼吸しはじめた長谷川に、伊知地が囁く。

「どうしてほしい？」

「ど、って……」

答えられずに口をつぐむと、伊知地の声が降ってくる。

「誕生日だろ。わがまま言ってみな」

「そんなの……、伊知地さんの、好きにしてくれれば」

かろうじて小さく答えると、「ふーん」と伊知地は上体を起こして髪をかきあげた。

「いいのかな、そんなこと言って」

ひとりごとめいたその言葉に、仕草に、ごくん、とつばを飲み込む音が部屋に響く。伊知地にも聞かれただろうと思うと、恥ずかしさで消え入りそうだった。

けれど、伊知地はそれを気に留めた様子もなく、シャツの上から長谷川の肩に手を置く。びくんと跳ねた肩をなだめるように二、三度撫でてくれた手のひらは、ゆっくりと胸に向かって下りていく。

「っ」

指先が、胸の尖りを掠めた瞬間、反射で息を呑んでしまう。

まだシャツの下にある尖りは、伊知地の指先に見つかると、簡単に硬さを増した。

柔らかな膨らみもない、平らな胸の小さな突起、そんなもの触っても面白くないんじゃないかと思うのに、そういう長谷川の不安を分かっているかのような丁寧さで、伊知地の指先はそこをいじる。

「んっ」

引っ掻くように弾かれて、思わず声をあげる。

男の喘《あえ》ぎ声なんて、引かれてしまいそうで怖くて聞かせたくないのに。

そう思って口元に手をやった。ときおり、声がこぼれそうになると、人差し指の付け根を噛んでやりすごす。

と、それに気づいた伊知地が両方の手首を掴んだ。

「あっ」

「だめだよ、痛いだろ」

伊知地は長谷川の指の付け根に残った歯型にちろりと舌先を這わせる。その舌の温度と、感触だけでたまらなくなる。

「枕、掴んどけ」

伊知地に掴まれた手首を、枕の下に押し込まれた。

好きなようにしてと言ったのは自分だと思えば抗うことも出来なくて、枕の下に両の手を縫いとめられたような格好に、羞恥《しゅうち》がじわりと湧いてくる。

「いい子だ」

そんな長谷川の姿を見て満足そうに頷くと、伊知地はシャツのボタンに手を伸ばす。

ひとつ、またひとつ、じれったくなるくらい時間をかけてボタンをはずした伊知地は、なおもゆっくりとシャツの前をはだけた。

ほの暗い室内でも、目はもうかなり慣れている。

両の胸の先で、存在を主張してぷっくりと膨らみ硬くなっている突起は、伊知地の視線に晒されているだろう。

不意に、伊知地の唇が尖りを含んだ。ちゅぷ、という音に耐え切れず目をつぶった刹那、もう片方の尖りを指先で挟みこまれる。

「あうっ」

もう口を閉じることができないせいでこぼれた声は、自分の声だとは思えないほど切なげだった。

尖りをくびりだすみたいに指先で刺激される。

唇に含まれたほうは、舌先で優しくつつかれたり、転がされたり、吸われたり。ときおり、思い出したように歯を当てられ、甘噛みされる。

「ふ、ンッ……、あっ」

とめどなくあふれる声。制御《せいぎょ》できない。

身体の中心に熱が集まっている。

衣服のかたちを不自然に変えて、持ち上げている部分に触れてもらえないのがもどかしくて、思わず腰を揺らめかしてしまう。

「もう我慢できないのか」

腰を揺すったのが伝わったのか、伊知地に尋ねられた。

恥ずかしいくらいに触れて欲しい。だけど、男のそんな部分を見て、伊知地は不快にならないかと、どうしても不安が先にたつ。

答えられず、視線を泳がせていると、伊知地にくしゃりと頭を撫でられた。

「なに不安そうな顔してんだよ」

「だって、」

伊知地さんはゲイじゃないんだろうから、と答えようとしたのを阻んだのは、太ももの辺りに押し付けられた熱だった。

「言っただろ、おまえが欲しいって。おまえのこと……」

そこで言葉を切り、伊知地は伸び上がってくると、熱っぽい視線を絡み合わせて続けた。

「好きだ、って」

どくん、と心臓が跳ねて、胸を打つ。

こくりと頷くと、伊知地も頷き返してくれた。

伊知地は自分のシャツに手をかけると、手早くそれを脱ぎ、ベッドの外に放り投げた。

それから、長谷川のベルトに手を伸ばす。

ヂヂッと音たてててファスナーを下ろされる短い時間は緊張したけれど、ズボンといっしょに下着まで取り去られてしまうと、さっきまでの不安は、もうどうなってもいい、という覚悟になった。

腹を打ちそうに反り返っているものを、伊知地の手が包み込む。

その仕草に不快のかけらも混じっていないことに、ほっと安堵したのもつかの間、ゆっくりと扱きあげる動きで責められ始めれば、もうあとは翻弄《ほんろう》されるしかなくなる。

「あ、あ、は、んっ」

伊知地の手の動きはだんだんと速度を増していく。

みじんも迷いのない動作は、このままいちばん高いところまで追い上げてしまおうとしていようだった。

「あ、や、伊知地さ、もっ、だ、めっ……」

「もうだめ？　いいよ、ほら」

その瞬間、伊知地の手の動きよりも、優しく響く声に背中を押されたように、高みへと押し上げられた。

「ん、ん、ああっ……！」

追い立てられるまま、上りつめていく身体は、あっけなく達してしまう。

脱力しきった身体のなかで、心臓がすごい勢いで打っていた。

荒い呼吸を整えている傍らで、伊知地も残りの服をぜんぶ脱ぐ。

自分も、と横になったまま、腕に残ったシャツを脱ぎ去ると、ちゅっと音をたてて頬にキスされた。

ぼんやりした頭で、それでも懸命に伊知地のほうへと視線を向ける。

その視線を受け止めてくれた伊知地の瞳に、甘い色を見つけて息を呑んだ。

拒まれていない。嫌がられていない。

欲しがってもらえてる。愛されてる。

そんな発見が、愛されることはないとずっと諦めていたいままでの自分からすれば、ぜんぶ新しい、大切なことで、それを教えてくれた伊知地への想いが、身体の底からぐっとせりあがってきて、どういうわけだか涙になってあふれた。

「またうれし泣き？」

そうやって、からかう声までいまは甘い。

「はい」

長谷川は頷き、伝えたい想いをぜんぶ載せて、伊知地を見上げた。

それが伝わったのか、伊知地はそっと、触れるだけの口づけを落としてくれる。

それから、また一度くしゃりと頭を撫でられたあと、静かに脚を開かされた。脚の間に陣取った伊知地に、片脚を大きく折られる。

後ろまであらわになる感覚に、怖さとは別の、反射で息を呑んでしまう。

胸から腹にかけて、飛び散った白濁を伊知地の指が掬い取った。

すぼまりに伊知地の指先があてられる。襞をなぞるように、外側を揉みほぐされる。

たっぷり時間をかけてすぼまりをほぐされたあと、つぷ、と指先を挿入された。自分でも触れたことのない内部へと、他人の指が埋められる。

「あぅっ」

「痛い？」

声をあげると、眉根を寄せた伊知地に問いかけられる。

「だいじょぶ、です」

答えると、指先は周りをほぐすように動きながら、少しずつ沈んでいく。痛くはなかったけれど、じんじんと痺れるような熱さがあった。

指を一本ぜんぶおさめられる。息を長く吐いて、力を抜くように努めた。

意識して力を抜こうとしていても、ときどき我慢できなくなって、くわえ込んでいる指を締め付けるみたいにきゅっとそこが収縮《しゅうしゅく》する。

そのたび、伊知地の指に自分の粘膜が絡みつくのが分かる。奥まで入り込んでいる伊知地の指の形を、しっかり認識してしまう。

「んっ」

耐え切れなくなって顔を背け、片頬を枕に埋めるようにすると、伊知地の指がなかを探るように動き出した。

慎重になかを調べるように動く指先。いろいろな位置を押したりこすったりしながら、指はだんだんと引き抜かれていく。

と、浅い部分まできたときに、まぎれもない鋭い快感が走って、思わず背中を浮かせてしまう。

「あ、ッ」

堪えきれずにこぼれた声は、ごまかしようのない熱を帯びていて、それを伊知地が聞き逃すはずなんてなかった。

そこからは、執拗《しつよう》にその部分だけを責められた。なかで鉤状に曲げられた指が、こすったり押し上げたりを繰り返す。その愛撫《あいぶ》にあわせて、唇からはひっきりなしに甘い喘ぎがこぼれて落ちた。

「や、やぁっ、あ、ンンッ」

触れられてもいないのに、さっき達したばかりの中心は、いじられ始めてすぐに頭をもたげ、育ちきってすでに先走りをあふれさせている。ぎゅ、とそこを押され刺激されるたび、先端からとめどなく透明なしずくがあふれる。

「すごいな、おまえ……とろとろ」

「や、だ、……あ、ん、んっ」

言葉にならない。

ずる、と指が引き抜かれた、と思った次の瞬間、今度は二本に増えて指が戻ってくる。

「あぁうっ」

増やされた指に、一気に奥まで踏み込まれ、ひときわ高い声をあげてしまう。根元まで押し込まれた指は、ゆっくりと引き抜かれる。

「ん……あぁ……」

引き抜く動きをされると、粘膜が快感を訴える。

まるでこちらの感覚を読み取っているように、伊知地は一気に奥まで突きたて、それからゆっくりと指を抜けるぎりぎりまで引き抜くという動作を繰り返した。もちろん、抜く動きのときには、さっき見つけた弱い部分をこすっていくのを忘れない。

勢いよく突きたてられて悲鳴に似た声をあげさせられ、ずるずると引き抜かれて粘膜に摩擦《まさつ》の快感を教え込まれ、ぐりぐりと弱いところを責められて追い上げられる。

的確すぎる愛撫。我慢したくても背中は反り、伊知地から与えられる刺激に合わせて身をよじる。

だけど前に触れてもらえない状態では、達きたくても達けない。

もうどうにかなってしまうと思った。そのとき。

ずるっと指が引き抜かれた。

もう片脚も深く折り曲げられる。膝が胸につきそうだ。

苦しい体勢に、伊知地は腕を伸ばし、枕のひとつを腰の下に入れてくれる。

「ゴム、つけたほうがいいか？」

小さく尋ねられて、またごくんと咽喉が鳴る。

そのまま受け入れてしまいたい気持ちも大きい、だけど悠太がいるから、バスルームで後始末《あとしまつ》する余裕があるかどうか分からない。

そう考えて、「できれば」と答える。

かさかさと鳴っているのはパッケージだろうか。ぜんぶをさらけ出した体勢のまま待つのは、ちょっと心安らかじゃない。

そんなことを思って目をつぶっていると、急に伸び上がってきた伊知地にキスされた。

「あ」

身体をすくめると、伊知地の手のひらが二の腕を優しく撫でてくれる。

「なぁ。いいこと教えてやろうか」

「なんですか」

「おれ……めちゃくちゃ緊張してる」

「ふっ……」

そんなことを自己申告してきた男に、思わず笑いがこぼれた。いよいよなんだという気持ちでこっちも緊張していて、ほんのかすかな笑いだったけれど。

その笑い声を聞いて、伊知地が微笑んで頷く。

こっちの緊張、ほぐそうとしてくれたのかもしれない。そう思うと、伊知地への愛しさがあふれてきて、どうしようもなくなって、両腕を伸ばして自分からねだった。

「好きです」

「おれも」

その言葉と共に、ほぐされたすぼまりに熱があてられる。ぐっ、と伊知地が身を沈めてくる。

「あ、あぁ……んぅ……」

やはり質量が違う、苦しい。

でも、こっちが呻《うめ》く声を漏らすと、腕や、肩を、さすってくれる優しい男が目の前にいる。ぜんぶ、受け止めたかった。

くびれまで埋めてしまえば、あとはすこし楽だった。ゆっくり、進んでくる熱を、受け止めている自分を素直に嬉しいと思った。

熱を埋めきると、伊知地は長谷川の額や頬や唇に口づけを降らせた。ひとつひとつ、丁寧に落とされる口づけが、胸の奥をくすぐる。

なかで脈打っている昂ぶりは、苦しくないのだろうか。ほんとうは、動かしたいんじゃないかと、おなじ男だからこそ思う。

でも、粘膜で包み込んでいる伊知地の中心が脈打っているのか、それとも自分のなかが脈打っているのかの判断がつかなくなってくる。

「伊知地さ……」

さんざん喘いだせいでかすれた声で呼ぶと、そっと頬を撫でていた手のひらが下りていく。あっと思う間もなく、下腹で反っているものを包まれ、なぞるように扱かれる。

「あっ、……」

たらたらとあふれ続けた先走りのせいで、くちゅくちゅと音がする。

恥ずかしさに唇を噛めば、伊知地の腰が動き始め、甘い悲鳴に唇はほどかれてしまった。

「あっ、は、ンッ……」

緩やかな律動のたび、昂ぶりが弱い部分をこすりあげていく。

感じると、無意識に伊知地の熱を食い締めてしまう。きゅっと収縮の動きをみせてその芯を締め付ける粘膜に、ときおり伊知地も呻くように艶めく声をこぼしてくれて、それがたまらなく嬉しかった。

けれど、そんな嬉しさを感じていられたのも最初のうちだけで、前を追い上げる手のひらの動きと、激しくなる律動に、いつしか喘ぎを撒き散らすことしかできなくなる。

目じりを親指の腹でそっと拭われてはじめて、長谷川は自分が熱い涙をこぼしていたこ

とに気づいた。

「あっ、だめ、も、いっ……いっちゃ、あぁ」

「達きそ……？　待って」

「んっ、あぁっ」

伊知地が、折り曲げた脚に腕を絡めてがっちり固定した。容易には身動きがとれなくなる。

きゅっと伊知地の手のひらが屹立《きつりつ》を握りこんだ。そのまま激しくこすりあげられながら、息継ぐ暇もないような動きでなかを責められる。

「あっ、あっ、あぁ、伊知地さ、ンッ、や」

「おれも、も……」

伊知地の熱っぽい囁きが耳に届く。

と、熱を奥まで打ちつけられる。同時に昂ぶりをこすっていた指先が絞りあげるような動きをみせ、指が鈴口を開かせる。

「あ、や、やだ、あ、や、んぁあっ……」

そこまでされればひとたまりもなく、意味もなく嫌、と口走りながら達した。二度目だというのに、また白濁は勢いよく飛び散る。ほとんど同時に、自分のなかで伊知地の熱がどくどくと爆《は》ぜるのを感じた。

「いる？」

後始末を終えて、息を整えていると、伊知地がこちらに向かい、腕を投げ出してくる。

「えっ」

意外すぎて戸惑うことしかできずにいると、伊知地はちょっとふてくされたような表情で、「こっちがいいのか」と枕を差し出す。

ああ、そういえばこういう、不器用で淋しがりやな人だったと、さっきまでの行為でさんざん翻弄されたあとなのに、小さな子供を見るような温かい気持ちが湯のように湧き出してきて、照れるには照れたけれど、枕に手を伸ばした。

すると、伊知地は分かりやすく不機嫌になるから、笑みがこぼれないよう注意しながら、受け取った枕をぽい、と投げ捨てる。

「え？」

今度は伊知地が意外そうな顔で目を瞠る。

そっと伊知地のそばに行くと、伊知地ははにかんだ顔つきで目をそらし、それでももう一度腕を投げ出してくれた。

その腕を枕にして、伊知地の傍らに身を横たえる。寄り添うように身体を近づけると、ぐいと抱き寄せられる。

「どうすんの、こんなに好きにさせてさ。おまえ、責任とれよ」

そんな命令口調の向こうにも、淋しさが透けて見える。

ずっと、強がって走り続けてきた、だけど本当はあったかい家族というものが欲しかった、そんな子供時代を送ってきた伊知地の淋しさは、自分の、求めても家族なんて手に入らないと諦めたふりをしながら、本当は家族が欲しいと思い続けてきた淋しさと似ている気がした。

だから、好きになったんだろうか。

伊知地の台詞にどう答えていいかわからなくて、こくんと頷き、二の腕が描く美しい隆起に頬をすりよせる。くしゃくしゃと髪をかきまぜながら頭を撫でてくれるのが、心地よかった。

「あ。そうだ」

「なんですか」

「誕生日プレゼント。たいしたものじゃないけど」

そう言って伊知地がベッド脇のサイドテーブルから差し出したのは、箱入りでしっかりした造りのアルバムだった。

伊知地の指が、アルバムのページを一枚めくる。

そこには保育園の運動会で撮った写真が貼り付けられていた。伊知地と、悠太と、長谷川が三人で並んだ、まるで家族のような。

「あとのページは、これから埋めていけばいいだろ」

分厚いアルバム。あとのページが埋まるのに、どれだけ時間がかかることだろう。

でも、その時間を伊知地は、いっしょにいようと言ってくれたんだと、頭じゃなく心の底で理解した。

「いい写真になりましたね。悠太くんも嬉しそうだし、よく撮れてる」

「そういえば、その写真、親父にも見せたんだよ。悠太が成長してるとこ見たいっていうから」

「へぇ」

思いがけず、伊知地が父親のことを自分から、しかもそこになんのわだかまりも感じさせないで語るのを、長谷川は自分のことのように嬉しく思った。

子供のころの思いは違ったようだけれど、伊知地も大人になって、父親といっしょに働き、悠太とも暮らし始めて、そういう時間の積み重ねに、父親と伊知地との溝も埋まっていったのかもしれない。

我知らず緩みかけた表情は、続く伊知地の言葉に凍りついた。

「そうしたら、親父、おまえのこと見てなんだかすごい驚いててさ。この人は誰だ、って血相変えてた。会ったことあるのか」

「……」

軽口だと分かる言葉も耳に入ってこないほど、長谷川は動揺した。

急激に失われていく、満たされたという思い。指先から抜け落ちていく体温。

「どうした？」

長谷川が答えられずにいると、伊知地は身体を起こし、こちらを覗きこんでくる。その、心配そうな視線が、いまは長谷川をいたたまれなくする。

まさか、と思って、そのまま忘れかけていたこと。

身を起こすと、ベッドの端に腰をおろす。

背後で、長谷川が突然離れたことに驚いている伊知地の気配がした。伊知地が隣に来るよりはやく、口を開いた。

「おれ、死んだ母さんと瓜二つだって、よく言われるんだけど」

「うん……？」

まだなんのことかさっぱり分からない様子の伊知地が、あいまいに頷く。それでも、深刻な話だという空気を読み取ったのか、動きを止め、それ以上距離を詰めようとはしてこない。

「うちはずっと母子家庭だったんです。父親の顔も知りません。なにがあったのか、母さんは話したがらなかったし、写真の一枚も残ってないことを考えたら、たぶんよくないことがあったんでしょう。でも、小さいころのおれは、お父さんが欲しいって思ってました」

軽く組んだはずの両手をいつしか握りしめているのに気づき、そっと手を離す。見やると、食い込んだ爪の痕が赤くなっている。気休めにその爪痕をさすりながら続けた。

「そんなころ、うちにはよく遊びにきてくれる人がいたんです。小さなころだったから、顔は覚えてないけれど、おじちゃんって呼んでました。母さんとおじちゃんは仲がよくて、おれはこのままおじちゃんがお父さんになってくれるんだって思ってたんです。けど、おれと母さんは急に引っ越すことになって、それからおじちゃんはこなくなりました。おれは母さんに、おじちゃんがお父さんになってくれるんじゃないのかって訊きました。母さんは、彼のこと心から愛していたけれど、彼はもう結婚していて、愛する人を不幸にしたくないって決意したから、彼の前から姿を消したんだ、って話してくれました」

「それと……さっきの話と、どういう関係があるんだ」

「その人の名前が、……伊知地さん」

「まさか」

ほとんど反射のように伊知地はそう言い、フォローするみたいに付け加えた。

「偶然だろ」

その軽い口調に、唐突に長谷川のなかでなにかが沸点《ふってん》を超える。

「そうです。偶然出会っちゃったんです」

硬い声で、八つ当たりのようなことを言ってしまう。

伊知地の軽い口調は、長谷川の負担を減らそうとしてくれただけだ、と。

襲い掛かってくる自己嫌悪の波から逃れる術《すべ》もなく、ただうなだれた。

「あ……ごめんなさい。違うんです、伊知地さんはなんにも悪くなくて……」

「や、いい。謝るな」

「あの、誕生日プレゼント、ありがとうございました」

自分が喋っているのだとは信じられないほど、その声は遠くから響いて聞こえた。なにがショックなのかもよく分からないくらい、混乱していた。

「悠太くん、起こしてきましょうか。夜眠れなくなっちゃうといけないし」

長谷川は手早く服を身につけると、寝室を出てドアを閉めた。その瞬間まで、伊知地の顔を見てみる勇気が持てなかった。

子供部屋に行き、悠太を起こそうとかがんだ途端、遅れてやってきた涙がどっと堰を切ってあふれる。あとからあとから、とめどなく流れてくる涙。両手の甲で拭うけれど、拭いきれなかったしずくがぽたりと悠太の頬で弾けて散った。

「ん……」

小さく呻いて悠太が目を覚ます。

次の瞬間、ぱちりと目を見開いた悠太は掛け布団の端を握ったままがばりと飛び起きた。

「どうしたの、けんとくん。だれかにいじめられたの？　いちぢさん？　ぼくおこってきてあげるよ」

そう宣言すると、悠太は掛け布団をずるずる引きずりながらドアへと向かう。長谷川はその小さな身体を引き止めて、小さくすすり泣いた。

「いいんだ、違うんだよ、だいじょうぶなんだ、だいじょうぶ」

長谷川は自分に言い聞かせるように、悠太に言った。

「じゃ、だぁれもわるくないいんだね？」

確かめるように言う、悠太の黒目がちな瞳を見た瞬間、ふっと衝撃を覚えて息を呑んだ。

悪いのは、自分かもしれないと思ったから。伊知地のことが気になって、毎週家に押しかけて、好きになって、好きになってもらえて、嬉しくて。

だけど、このまま伊知地のそばにいたらどうなる？　伊知地のことを傷つけないだろうか？　せっかく父親のことを、あんなふうに自然に話してくれたのに。父子の関係が、よい方向に向かっているのかもしれないのに。

おれが、そばにいたら。ここにいたら。

同性の恋人なんて、消えたほうがいいのかもしれない。

その思いは、「おたんじょうびかいだから」とはしゃぐ悠太を目の前にしていても、ちらちらと眼前をよぎって、消えることはなかった。

◆

誕生日の日以来、長谷川は家に顔を出さなくなってしまった。

電話口で本人は「仕事が入っているから」と言うけれど、そう毎週結婚相談所のお見合いパーティーが行われるようになったとは思えない。

いままでだって、土日のどちらかに仕事が入ることはあっても、両方がということはなかったし、どちらかの休みには伊知地の家に来ていたのだ。

嘘なんて、上手につけるタイプじゃないくせに、絶対にばれていると分かっているだろうに、それでも嘘をつくのは、それだけいま伊知地に会いたくないということか。

長谷川はおそらく、伊知地の父親と、幼いころの思い出の「おじちゃん」が同一人物だと考えている。写真を見たときの父親の反応から考えても、無関係だとは思えない。

が、だからといって、なぜ自分が避けられなければならないのかが分からない。だってあんなにいい雰囲気だったんだ、好きだと言えば好きですと返ってもきた。どう考えても、理不尽だとしか思えなかった。

ちょうど悠太も、長谷川の来ない週末が四週も続き、退屈しているようだったこともあり、伊知地は久しぶりに悠太を伴《ともな》い、実家に顔を出した。

日曜日の午後。事前にハウスキーパーに電話をかけ、母の不在は確かめてある。

両親に揃って会ったのは一度だけだが、母はおとなげなく悠太にいやみを言うのだ。いやみの意味は分からなくても、歓迎されていない空気は肌で感じ取れるのだろう、悠太は帰りたいという素振りを見せていた。

「ただいま」

「おかえりなさいませ」

常駐しているハウスキーパーが玄関にスリッパを出してくれる。

悠太には、トーマスの絵がついた青い子供用スリッパが置かれる。

「わぁい、トーマス！　ありがとう！」

嬉しそうな声をあげて早速足をつっこんだ悠太はその場でジャンプをしている。

「これは？」

「だんなさまですよ、恭平さまと悠太さまが今日お見えになると聞いてから嬉しそうになさって。ご自分で買っていらしたんです。奥さまには見つからないように、ということでわたくしが預かっておりました」

「そうなのか。ありがとう」

「いえ、わたくしよりだんなさまに」

微笑むとハウスキーパーは先に立ち、リビングに通じるドアを開けた。

「ああ、いらっしゃい」

眼鏡をかけて新聞を広げていた父は、そう言うと眼鏡をはずした。新聞をたたもうとしたところで、熟練のハウスキーパーの手がさっと伸び、新聞を片付ける。

「じぃじ」

父のほうにはつらく当たられることもなかったので、悠太ははにかみながらも、あどけない笑顔で父を呼んだ。

「大きくなったなぁ。どれ……三歳ってこんなに重たかったかな」

そんなことを言いながら悠太を抱き上げるが、抱き方が下手《へた》なせいで悠太は据《す》わりが悪いらしく、父の腕のなかでもじもじした。

伊地知には父に抱っこされた記憶などないから、下手なのも仕方ないかもしれない。

「話があって来たんだけど。会社じゃ何だし」

そう切り出すと、思い当たることがあるらしい父親は「うん」と硬い声で答え、悠太をそっと下ろした。

空気を読んだか、それとも先に父親からなにか言われていたか定かではないが、いいタイミングでハウスキーパーが紅茶を淹れてやってくる。

「悠太さま、向こうにジュースをご用意してますよ。ちょっとだけあちらで遊びましょう」

悠太は機嫌よくハウスキーパーの腕に抱きついた。このハウスキーパーは姉と自分の育児をほとんどやっただけあって、抱き方がさまになっている。

ふたりきりになると、どう話し出すべきかためらわれ、重い沈黙がおりてきた。

「話の予想は大体つく」

覚悟を決めたように、うなだれた父親が呟いた。

「やっぱり、なんかあるんだな。あの写真」

「ああ」

父親の目が、遠くの幻を追うように細められる。

父親はなにも言わず、ティーカップに手を伸ばした。こくんと咽喉を潤して、ふっと微苦笑を浮かべる。

「息子にこんな話をする日が来るとは、思ってなかったが」

カチャ、とカップをソーサーに置く無機質な音が響いた。

「父さんの知ってる長谷川ってだれ？　なにがあった？」

重ねた問いに、父親は静かに語り始める。

「あれは恭平が生まれて二、三年したころだ。父さんは、長谷川茉莉子《まりこ》さんっていう人とお付き合いしていた。茉莉子さんはシングルマザーで、ひとりで幼い息子さんを育てていた。茉莉子さんと会ったときに、息子さんと遊んだこともある。実の息子のおまえとは遊ばなかったくせにな……すまない。不倫なんていけないことだと分かってた、だけど、止められなかった」

息子に語るには重い話題だった。

けれど、自分自身、長谷川を想う気持ちを止められないのとおなじだと思えば、責められることではなかった。この家庭に愛情というものが希薄だったことは、ここで育ってきた自分がいちばん承知している。過去の不倫に、今更どうこう言うつもりもない。

「あの写真の彼……彼は、父さんが愛していた茉莉子さんにそっくりだったんだ」

父はそこで言葉を切り、長いため息をついた。

「茉莉子さんは、当時の父さんにとってはかけがえのない人で、息子のおまえに言うのはどうかと思うが、ほんとうに、すべてを捨ててもいいからいっしょになりたいと思える人だった。だから、離婚して、会社も辞めるから、ふたりで出直そうって言ったんだ。だけど、そうしたら彼女は悲しそうに笑って、――行方をくらました。それ以来、彼女とは会っていない。だけど、あの写真を見たとき、いろんな想いが蘇《よみが》ってきて……あのころいっしょに遊んでいた息子さんも、けんとくんって名前だった。だから……」

どんな言葉を返せばいいか分からなかった。長谷川の話と、合致する点ばかりだ。

「父さんの言うとおり……あいつはその茉莉子さんの息子だと思う。いまの話と似たような話を、あいつ自身が話していた。それから、知っていて口にしないのも騙すようで気が引けるから言っておくけれど、あいつのお母さんは……もう亡くなったって……」

「そうか……」

父親が顔を伏せる。

それから、父親の視線はなにか縋るものを探すように宙をさまよった。

話は終わったと思い伊知地が立ち上がると、テーブルの向かいから父親が手を伸ばす。

「ま、待ってくれ」

大きなテーブル越しじゃ、届かない手。通り過ぎてしまった愛か、幸せだった思い出の残像か。その手が掴みたかったものはなんだったんだろうと、一瞬のうちに考えた。

「なんだよ」

「その……長谷川健人くんに……」

その質問を予期していなかったわけじゃなかった。

上着のポケットに入れてきていた長谷川の名刺を、テーブルに置いた。結婚相談所で初めて会ったとき、渡されたものだ。こんなことで役に立つとは、思っていなかったけれど。

名刺を手に取る父親の指先は、わずかに震えていた。

その後、試作品だという自社の積み木で遊ぶ悠太を、ソファでぼんやり眺めて過ごした。父親は、そうしていたほうが気がまぎれるのか、たどたどしい様子で悠太の相手をしている。

伊知地もきっと、悠太に対してこんなふうだったのだ。いや、この父親以上にぎこちなく、むしろ悠太を避けるように生活していた。

自分がそうだったから、ハウスキーパーがいて、食事の準備がされ、寝床の用意がされ、物品になんの不自由もなければ、それでいいだろうとたかを括っていた。

それじゃ足りない、と教えてくれたのは、もちろん長谷川だ。

そして、長谷川は伊知地のなかで大切な存在になった。

人を好きになる気持ちが、どれだけ大事で、切実で、制御できない強い想いなのかということを、教えてくれたのも長谷川だ。

愛だの恋だのって馬鹿にしていたけれど、いまなら、そういう想いに衝《つ》き動かされて駆け落ちしてしまった姉の気持ちも分かる。

ふと、思い出したように悠太がごそごそとポケットを探る。小さな手がポケットから取り出したのは、四葉のクローバーだった。しおれて、くしゃりとなっているそれを、悠太は祖父に差し出した。

「これね、こうえんでみつけたんだよ。じぃじにあげる」

そのとき、不意に鼓膜で姉の声が再生された。

『恭ちゃん』

そういえば、姉からはそんなふうに呼ばれていた。どうしていままで忘れていたんだろう。その声に呼び起こされたように、記憶の一場面がまぶたの裏で鮮やかに蘇った。

塾の帰り道。伊知地は、駆け下りた川原で、四葉のクローバーを探していた。一生懸命葉っぱをかき分けるのに、四葉はなかなか見つからない。焦る気持ちが募る。早く見つけなきゃ。先に見つけなきゃ。それで、それで——。

『恭ちゃぁん』

姉に呼ばれて、ふっと顔を上げる。

茜色に燃える夕焼けを背にした姉は、白いワンピースの裾を翻しながらこちらに駆けてくる。夕陽が眩しいせいで、その表情は分からない。

『ほら、これ、恭ちゃんにあげる。幸せの花束だよ』

差し出されたのは、四葉のクローバーが数本の束。

自分は一本も見つけられなかったのに。悔しくて唇を噛む。うつむいていると、姉の手が四葉のクローバーを握らせてくれる。

『恭ちゃんは、これでいーっぱい幸せになるんだよ』

思わず見上げた先で、さっきまで見えなかった姉の表情がはっきり見えた。姉は、心からの笑顔を自分に向けてくれていた。

「あ……」

封印されていた記憶の再生。小さく声が漏れる。もう二十年近くも経っているというのに、いま気づいた。本当は、先に四葉を見つけて姉に勝ちたかったんじゃなく、自分が姉に四葉のクローバーをプレゼントしたかったんだってことに。

疎ましいだけだったなんて嘘だ。なにをやっても上を行く姉に、いつでも優しい姉に、自分はずっと憧れていた。悔しい思いもいっぱいしたけれど、でも、それだけじゃなかった。

長谷川。おまえの言うとおりだったよ。おれはずっと姉のこと、好きだったみたいだ。自分のことなのに、他人のおまえのほうが分かるってこと、あるんだな。

それとおんなじだよ。こんなに避けられているけど、いまのおまえの気持ち、分かりたいって願うよ。

あのときもらった「幸せの花束」は、おれと姉との約束だ。

だからおれは話さなきゃいけない。おまえとちゃんと、話をしたい。

無意識に噛みしめた唇に、ちりりと切ない痛みが走った。

◆

「おめでとうございます」

今日は、シングルマザー＆シングルファザーの会初《はつ》となる、婚約の報告に来てくれたカップルがいた。挨拶をした後、可愛らしい新郎新婦の衣装を着たテディベアが飾られているブースに、由美子とふたりで案内する。

ふたりは、一回目のイベントで、伊知地に話しかけて酷いあしらい方をされ、落ち込んでいた中井という女性と、そのあとバーベキューの準備などをしながら知り合ったシングルファザーだ。落ち込んでいたところを元気づけようとしてくれたのがなれ初めなんです、と中井は照れくさそうに語った。

「こずえも、もうパパって呼んでいて。気が早いんですけど、でもなついてくれてほんと安心しました」

「やっぱりお子様のことは心配ですもんねぇ」

長谷川がなにひとつ満足な受け答えをできずにいるため、由美子がそう言って大きく頷いてみせる。

なんとか顔はにっこり笑っているつもりだけれど、上手に笑えているか、自信はない。

けれど、幸せのさなかにいるふたりには、結婚相談所の所員のひとりが浮かない顔つきをしていようが、そんなことは気にならないらしいのが救いだった。

由美子とふたりで、少々ののろけ話を聞いたあと、提携《ていけい》している結婚式場のパンフレットを手渡した。

「よろしければ、今後のシングルマザー&シングルファザーの会のパンフレットに、コメントをお寄せいただけませんか」

帰り際のふたりをエレベーターホールまで送り出しながら由美子が提案すると、ふたりは揃って快諾《かいだく》してくれた。長谷川は、そんなコメント依頼すら思いつかなかった自分に愕《がく》然《ぜん》とする。

何度も礼をしながら去っていくふたりを見送ったあと、案の定由美子につっこまれた。

「長谷川くん、なんかあった？」

「え？」

「ここんとこずっと、覇気《はき》のない顔してるなぁとは思ってたけどさ。所長も心配してたよ。所長はさばさばしてるから、自分は悩み事相談には向かないのかも、なんて言ってさ、由美子ちゃんなにか聞いてない？　って」

由美子がため息をついてこちらを見る。

その様子に、たじろいで思わず謝った。

「すみません」

由美子は怒ったような口調で続ける。

「違うの。謝れって言ってるんじゃなくてさ、なんかあったんだったら、愚痴でも弱音でもいいから、話聞くくらいさせてよって言ってんの」

「……すみません」

うなだれると、由美子はにっと笑って、こちらに手を伸ばし、片頬をにゅっと摘まんだ。

「もう！　細くなっちゃって、ダイエットに苦労してるあたしへのあてつけー？」

と、由美子に頬をぺちりと叩かれる。

もちろん、冗談の範囲と分かる程度の力で。

それから、由美子は真剣な眼差しでこちらを見上げてきた。

「ふたりとも、いい笑顔だったよ。長谷川くんのさ、だれかが幸せになるお手伝いしたいって夢、きっちり叶ってるんだよ？　長谷川くんがシンママとシンパパの会発足させなかったら、あのふたりだって出会ってない可能性大なんだからね」

「はぁ……」

あいまいな返事しかできなかった。

励《はげ》ましてくれているのだということが、痛いほどに分かっても。

「あの、長谷川さんに、伊知地さまとおっしゃるお客さまがお見えですけど」

フロアの隅で由美子と話し合っていると、契約社員として働いている女の子が呼びに来てくれた。ふんわりした雰囲気の女の子で、素直に働いてくれる姿勢が所内でも好感をもたれている。

けれどふと、そのカールした髪の先が伊知地のマンションの前ですれ違った女性の姿を彷彿《ほうふつ》とさせ、表情が曇った。

「伊知地ぃ〜？　あのいけ好かないエリートリーマンか。あっ、いまピンときた。長谷川くん！　もしかして、あいつとなんかあったの？」

「えっ、いや、その……、なんにもな……」

答えられずにしどろもどろになる長谷川を遮って、由美子はキッと眦《まなじり》を吊り上げた。

「図星だな。よし、あたしが文句言ってやる！」

カツンカツンとヒールの音を響かせ、ブラウスの袖を腕まくりしようとしている由美子を止めたのは、契約社員の女の子だった。

「あっ、でも、あの、会員の方では、ないみたいなんですけど……」

「えー？」

「五十代くらいの方で、とりあえず応接ブースにお通ししておきましたけど……いけませんでしたか？」

不安そうな表情でこちらを見上げられると、「ありがとう、会いに行くよ」としか答えられなかった。

五十代くらいで伊知地と名乗る、ということは、おそらくいま自分が想像しているとおりの人物が待っている。ここに来た、ということは、伊知地とその人とのあいだで話し合いが持たれたということだろう。

ブースに向かう足が重かった。

会いたいような、会いたくないような、ふたつの気持ちがごちゃごちゃになって、そのごちゃごちゃが緊張に変化するものだから、もう自分が破裂しそうだった。

ゆっくりブースに足を踏み入れる。

「お待たせして申し訳ございません。わたくしが長谷川ですが……」

そう言うと、所在なげに立ち尽くしていた男が頭を下げた。

少し、伊知地に似ているかもしれない。高い鼻梁、薄い唇。白いものが混じった髪は綺麗に整えられ、伊知地とおなじような仕立てのよいスーツを品よく着こなしている。けれどその目じりは、柔和な人柄を表すようにやや垂れている。

幼いころ、母と三人で会っていたころの「おじちゃん」の顔。はっきりとは思い出せないけれど、優しい目元にはどこか懐かしさを感じた。

「突然押しかけてすみません。職場以外のことは分からなかったものですから……」

その目も、懐かしい人を見るようにこちらをじっと見つめる。

「わたくしは、伊知地靖人《やすひと》と申します」

「恭平さんの、お父様ですよね」

神妙な面持ちで靖人は頷く。

「あの、お座りください」

「失礼します」

短く、いたたまれないような沈黙があった。

お互いに、どう距離を取っていいのか分からなかった。感動的な再会という質のものでもないし、なんの話でこの人が現れたか分かっていても、自分から切り出せない。

「今日は……どうしても君に、謝りたいと思って伺いました」

靖人がうつむいたまま、声を押し出すようにして言った。

「恭平も、だいたいの話は君から聞いたと言っていたから……たぶん、もう見当はついているだろうけれど。二十数年前、わたしは、君のお母さん――茉莉子さんと、お付き合いしていました」

久しぶりに聞く、母の名前だった。伊知地にも言ったことはないから、その名前を知っているということが、なによりの証拠だ。

この穏やかな空気をまとう男に、母は恋をしたのだ。自分の未来を考えるより先に、この男の未来を考えた。それほどまでに、愛していたから。

「茉莉子さんにどこまでお聞きになっているか分かりませんが、当時わたしはすでに伊知地家の婿養子で、ふたりの子の父親でした。親の決めた結婚でしたから、それほどの愛情もなかったけれど、時間が妻との絆を強いものにしてくれる、それが結婚というものだろうと、そんな気持ちで結婚をしたことを、茉莉子さんに出会った瞬間、後悔した。あの人は、野原に咲くすみれみたいに少女っぽかったり、向日葵みたいにまぶしかったり、百合みたいに凛と強い、そんな人でした」

「分かります……ぼくの前でも、母はいつも、そういう人でした」

「そうですか……」

　自分のもとを去った恋人が、変わらないでいたことに安堵したのか、靖人は小さく頷くと、まつげの際に涙をためた。

「わたしは、茉莉子さんにプロポーズしました。お聞きになっていますか」

「ええ。母は幼いぼくにその話をしてくれました。大切な人から、すべてを捨ててでもいいからいっしょになろうと言ってもらったこと。だけど、母はその人が仕事も家庭も捨てて苦労するところを見たくなかったと、だから、身を引こうと決心した、と」

「茉莉子さんは、そんなことを思って……突然行方が分からなくなったときは、振られたんだと、わたしは自棄《やけ》になって、子供たちの存在を顧《かえり》みずに荒れて、……情けないっ……」

　靖人は最後の言葉を自分自身にぶつけるように吐き出すと、堪えきれない自分への怒りを握りつぶそうとしているみたいにぎゅっとこぶしを固めた。

「ご自分を責めないでください。あなたがそんなふうに言うと、天国で母が悲しみます」

　言ってから、しまったと思い靖人を窺った。しかし、ショックは受けていない様子だ。

「ああ、だいじょうぶです。恭平から……あなたのお母さん、茉莉子さんは亡くなったのだと、聞いています」

「そうでしたか」

「茉莉子さんは、やはり苦労をなさったのでしょうか……いいえ、愚問でした。ほんとうに、申し訳ないことをしました。茉莉子さんが決めたこととはいえ、そのきっかけになったのは、わたしの軽はずみな言葉です。妻子ある身で、すべてを捨てていっしょになろうだなんて、あの茉莉子さんが喜ぶはずもないことを、考えなしに言ってしまって、結果、茉莉子さんや君の生きる場所を変えてしまったのは事実です。しかもそれを、勝手に捨てられたのだなどと勘違いして……いままでわたしは、なにひとつけじめをつけられないままだった」

そこで言葉を区切ると、靖人は額が膝につかんばかりの勢いで頭を下げた。

「今更なんのけじめもつけられないかもしれません、許して欲しいとも言えない、ただ……できるなら一度、お線香をあげさせていただけないでしょうか」

「頭をあげてください。母もぼくも、だれのことも恨んではいません。母はきっと、幸せに亡くなったと思います。病気でしたが、長引くことも苦しむこともなく、ほんとうにすっと、眠りにつくみたいに亡くなったんです。最期まで、だれのことも悪く言わなかった。母がそういう人なのは、あなたもご存知でしょう」

「ええ……」

靖人は、どこか苦さを含んだ、それでも優しい目を細めた。

「お線香あげてくだされば、母も喜ぶと思います。お待ちください」

卓上のメモとペンで、簡単に住所と連絡先を書き、靖人に手渡した。

「いつでもご連絡ください」

「ありがとう」

そう、靖人は言った。母が愛したに違いない温和な笑顔を浮かべて。

帰り際、言い出しにくそうにしながらも、靖人は頼みがある、と切り出した。

「その……恭平には、小さいころから苦労させたと思っています。あの子の帰ってくるべき、温かい家庭を、わたしは築けなかった。だけど、あの運動会の写真のなかで恭平は、あなたといっしょにいい笑顔をしている。どうか、恭平に罪はないということを思って、あの子とは、変わらずに付き合ってやって欲しいんです」

「そうですね」

これには、あいまいな返事をするしかなかった。

靖人の言っている変わらない付き合いというのは、友人関係のことだろう。

友人なら。

最初は戸惑っても、ぎこちなさはすぐ溶けて、関係を続けていけたのかもしれない。

だけど、自分が伊知地を想う気持ちは、友人に対するものではない。

伊知地の持っているものを破壊する可能性さえ秘めた、危なっかしいものだ。明るみに出れば、伊知地は社内で立場を悪くするし、せっかくうまくいきそうな気配の父子のあいだにも亀裂《きれつ》ができるだろう。

そうなれば靖人のことまで悲しませる。

だれも幸せにならない。だれもが悲しい思いをする。

自分の、身勝手な想いのせいで。

大好きな人にすべてを捨てさせるくらいなら、身を引こうとした母の選択、母の想い。それを知っていて、それを踏みにじって、自分だけ幸せを追うなんて、できることじゃない。

一度だけ、彼に抱かれた。せめてあの幸福な時間を思い出にして、大事に抱えながら自分は生きていこう。ひとりで。

だいじょうぶ、ずっと、ひとりだった。知ってる、住み慣れた孤独な部屋。共鳴する者を持たないまま響く静けさ。

だいじょうぶ、耐えていける。

それで——それで伊知地が、幸せになれるなら。

十一月も末になった土曜日、長谷川は約二ヶ月ぶりに伊知地のマンションへ向かった。見上げる空は高く、水で溶いたような薄い青をしていて、自分の悲しい気分にぴったりだと思った。

自分はもう電話に出ないのに、いつまでも着信履歴を残す男に、別れを告げる。そう決意していた。

不躾《ぶしつけ》だとは思ったけれど、待たれるのもいやで唐突に訪れた。部屋の前で電話をかける。これで出ないようなら、諦めて帰る。そう思って伏せたまぶたの先で、まつげが震えた。

緊張している。

決心ならしてきたはずだった。だけど、顔を見たら、声を聞いたら、抱かれたことのある腕を見たら。きっと自分は揺らいでしまう。それでも、やり遂げなければならない、と自分に言い聞かせる。

三度目のコールで、息せき切った様子の伊知地の声が耳に飛び込んできた。

「長谷川！　おまえ……っ、人の電話にはぜんぜん出ないでっ」

「ご無沙汰《ぶさた》してすみません。ちょっと、お話があって、いま部屋の前なんですけど」

言い終わるかどうかというときに、扉が開く。

携帯を耳にあてた状態の伊知地がいた。プツ、と携帯を切った。短くため息をつく。

そう、このぐらい簡単なことなんだ、電話を切るのとおなじくらい。だれかと、さよならするのなんて。

そう自分に言い聞かせた途端に、靴も履かず飛び出してきた伊知地に抱きしめられた。息もできないくらいの抱擁《ほうよう》。

身体の底から、抑えても抑えきれない喜びがこみあげてきて、慌てて唇を噛む。どんっと力まかせに突き飛ばすと、伊知地はどこかでそれを予期していた、という表情を浮かべた。

だけど、長谷川は予想していなかった。自分を迎える伊知地が驚くだろうとは思っていたけれど、あんなふうにまっすぐ、気持ちをぶつける抱擁をしてくるなんて、思ってもみなかった。

どうしていいか分からないでいると、部屋のなかに促される。声の響く通路で別れ話なんてしたくなかったから、長谷川は素直に従った。

ちょっと待って、と言った伊知地は、ややあってココアの入ったマグカップを持って戻ってきた。

ソファの前のテーブルにこつん、とカップの端が当たる音が哀しかった。

「ありがとうございます」

両手でカップを押し頂くように包み持ち上げると、ふわりと甘い匂いが鼻腔《びこう》をくすぐる。手のひらから伝わる熱が心地よくて、そのとき初めて、自分は寒かったんだということに気づいた。そんなことさえ、分からなくなっていた。

もう何度も練習してきた台詞、心のなかで唱えてきた台詞が言えない。口を開こうとしても、渇いた咽喉に張り付いたように、言葉は自分のものになってくれない。

だけど、ここであったかいココアなんか飲んだら、台詞はすとんとどこかに落ちて、見つけ出せなくなるかもしれない。

伊知地のいれてくれた、甘いココア。

逡巡している間に、伊知地が先に口を開いた。

「おまえの言いそうなことはだいたい分かるよ。おまえ、また、おれに嘘つきにきたんだろ」

「違います。ただ……おれはもう伊知地さんといっしょにいられないと思います。だから、今日で最後だって言いに……」

「ほら。また嘘じゃないか」

伊知地は怒ったふうでもなく、優しい声音でそう言った。

その優しい声の響きが、自分のなかに閉じ込めた想いに触れてくるようで、長谷川は焦って声を荒げてしまう。

「違います！　嘘じゃない。決心してきたんです！」

ココアの表面に小さな渦ができている。そこに視線を落として続けた。

「この間、伊知地さんのお父さんが職場に来て、謝ってくれました。別に謝ることなんてなんにもないのに。あの人の人柄なんか、ぱっと見ただけでも分かった。母さんが、この人を悲しませたくないって思った気持ち、すごく分かったんです。おれと伊知地さんがこの先いっしょにいたら、あの人を悲しませます。男同士で付き合うのなんか、だれが祝福してくれるんです？　だれも幸せになんかならない！　伊知地さんだって、同性の恋人がいるなんて知られたらきっと傷つく。ご自分の失うものを考えてください」

「おれがなにを失うって言うんだ」

「会社での立場を失います。ご家族との間にも亀裂が入る。伊知地さんがお父さんとの会話を、あんなに自然に話してくれるようになって、おれはそれが嬉しかったのに、お父さんとの関係もまた逆戻りだ。おれとのことはなかったことにしてください」

「なぁ、長谷川。それ、おれの目を見て言えよ」

その言葉に意を決して視線を上げた。まっすぐにぶつかってくる伊知地の視線に、いまはなんの遠慮《えんりょ》もない。受け止めきれなくてたじろいでしまう長谷川を、伊知地の視線は迷いなく射抜く。

怖い、と思った。なにがなのか分からない。でも怖い。確かに自分はいま、逃げ出したいと思っている。

「確かに、おれは同性と付き合うってことをリアルに考えてなかったかもしれない。だけどいま想像して考えてみて、おれにとってはなにを失うことよりおまえひとり失うことのほうがつらいんだ。こんなに好きにさせて、責任とれって言っただろ。おまえの母さんみたいに、だれかの前から姿を消すことも勇気なら、そばにいて、愛しぬくことだって勇気じゃないか。会いたくったって、もう会えない人間だっているんだ」

悠太の母親のことを思った。悠太も、母親も、どんなにかいっしょにいたかっただろう。だけど引き裂かれた。だれのせいでもなく。

自分は伊知地と、望めばいっしょにいられる。その未来を切り捨てることが、どんなに傲慢なことか分かっている。けれど、いっしょにいる未来を選ぶことが恐ろしかった。

「〝家族っていうのは、なにがあってもいっしょに乗り越えていけるものだ〟っておまえが言ったんだぞ。どんな話を聞いたって、おれにとっておまえはもう家族だよ」

家族って言ってくれてる。家族なんてもの、分からないって言っていた伊知地が。おれを。

嬉しくないはずがなかった。ずっと欲しかった。待っていてくれる人が、必要としてくれる人が、家族が。

でも、だから怖いのだ。

「だけど、おれは……あなたが傷つくところを見たくない！」

長谷川は首を左右に振りながら叫んだ。

それにつられるように、いままで穏やかに言葉を紡いでいた伊知地も声を荒げる。

「自分の未来を考えるより先に、おれの未来を考えたって言いたいのか。なぜ真っ先に、ふたりの未来を考えない！　親の過去と、おれたちふたりの未来と、なんの関係があるって言うんだ！」

そのとき、ドアがかすかに開いて、寝起きらしい悠太が顔を覗かせた。トーマスのおもちゃと、アンパンマンのぬいぐるみを両手にひとつずつぶら下げて、悠太は首を傾げて問いかけた。

「けんかしてるの？」

「ちがうよ、おれも伊知地さんも、お互いのこと好きなんだよ」

今言うには、なんて残酷な言葉だろう。

「でも、好きだからいっしょにいちゃだめなんだ」

それを聞いた悠太の目はぱちぱちと大きなまばたきを繰り返した。それから、くしゃりと表情が歪む。

「どうしてだめなの？　ぼくいちぢさんもけんとくんもアンパンマンもトーマスもみぃんなだいすき。みぃんないっしょがいい。それじゃだめなの？　どうして？」

どうしてどうしてと繰り返しながらぐずる悠太は、とうとう声をあげて泣き出してしまった。

伊知地がそっとかがんで悠太を抱きしめる。悠太の小さな手が、伊知地のニットをきゅっと掴んだ。

「おまえのおかげでさ…こういうとき、抱きしめてやれるようになったんだ。姉ちゃんのこともちゃんと思い出して、ほんとうは好きだったんだって分かった。おれはおまえにいっぱい教えてもらったよ。これからもたくさん、教えてもらうことがあるよ。……おまえは悲しい思いさせるのはいやだって言うけれど、だれかが身をひいたらみんなが幸せになるとは限らないってもう分かってるだろう。悲しい思いを重ねるのは、今、ここで終わりにしないか」

語りかけてくれる伊知地は、いままで見たどの顔より、優しい表情をしていた。

自分がなにか、伊知地のためになれたのかと思うと、どうしようもなく嬉しかった。その嬉しさが、なによりの答えだ。

伊知地が、好きだ。

「おまえ、おれに幸せでいてほしいって言ってくれただろ。あのときは酷いこと言ってしまったけど、いまはおれもおなじ気持ちだよ。おまえには、幸せでいてほしい。だから、……三人でもふたりでも、いっぱい思い出作っていこう。時間重ねていこう。アルバム足りなくなったら、これから何冊でも買い足すから」

抑えきれない想いが涙になって、ぽろぽろと大粒のしずくがあふれ落ちた。

ほんとうはずっと伊知地のそばにいたかった。離れられるわけなんてない。この人は、きっと長谷川自身より長谷川のことを分かってくれている。だから、怖気づいている自分の背中を押してくれた。

捨てられず大事にしまってあるアルバムを思い出しながら、大きく頷いた。

「ごめんなさい……さっきの……」

悠太を寝かしつけた後、伊知地とふたりで寝室に入った。

「なんで謝る」

問う伊知地の顔に、月光が降り注いでいる。カーテンが開け放たれているせいだ。愛おしいその顔を、光と影が淡く濃く彩っている。

その美しさを、欠片《かけら》も壊したくなくて、長谷川は小声でそっと、本当の心を打ち明けた。

「おれが怖かったのは、伊知地さんが傷つくことじゃなくて、いっしょに幸せになることでした。おれはずっと、自分は幸せになれないって諦める振りをして、自分の幸せから逃げてた。だれかの幸せを優先する優等生の振りをして、ずっと逃げてたんです」

「もう逃げてないんだからいいだろ」

長谷川はこくりと頷いた。

光も影も、ぜんぶを分け合っていけるから。この人とならぜんぶを乗り越えていこうって思えるから。血とは別のところ。魂の繋がる、家族だから。

伊知地が微笑む。手招きされ、誘われるままその前まで歩み寄る。

「こっちも……逃げんなよ」

熱い吐息ごと耳に吹き込まれるように囁かれ、長谷川は立っていられなくなった。

力強い腕がくずおれそうな身体を支え、ベッドのうえに横たえる。

押し倒された、と思った次の瞬間にはもう唇を塞がれている。両手は荒い仕草で器用にボタンをはずしていく。

誕生日のときとは違う。戸惑う隙も与えられないほど性急に求められる。それが嬉しかった。おれだって、どんなにかあなたが欲しかったか。

切実な性欲、というものを初めて知る。

それは荒々しいものではなく、愛しさと淋しさとが刹那のうちにぶつかりあって弾け、胸の奥で新しいものに生まれ変わろうとするような、烈《はげ》しさと儚さが火花を散らしながら溶け合うような、そんな欲求だった。

シャツを左右にめくられる。冬の空気と夜のしじまに晒されて、胸の尖りは存在を主張してぷくりとたちあがる。月明かりのもとで、自分の胸の先が、どんなふうに色づいているのかが見えて、羞恥に身を焦がした。

その恥じらいごと口に含んで舐めとかそうとするように、伊知地の唇はぼんやりと淡い色の乳暈《にゅううん》までも挟みこむ。

「あうっ……」

乳暈とともに胸の先を引っ張られ甘く噛まれる。熱く濡れた舌に尖りをちろちろと舐められて、我慢できずに身をよじる。

逃げたいわけじゃない、だけど反射に身体は逆らえない。

「乳首、きもちい？」

ちゅぷ、っと音たてて尖りを解放した伊知地が耳もとで囁く。

「きもちい……あぁっ」

答えた途端、伊知地の指が両の突起に添えられる。まるく膨らんだ小さな木の実みたいなそれを、指先は丁寧に揉みしだいた。

「ン、ふっ……はっ、ン」

指の腹で転がされるたびに、甘えるような声が鼻からこぼれる。

その声が甘ったるくて恥ずかしかった。だけど、恥ずかしい声を、ほかのだれでもなく伊知地が聞いていてくれるということが、嬉しくて胸を温めた。

伊知地の耳に届くとき、この想いもいっしょに届いて欲しいと思った。いや、思った、というより願った。強く、強く。

伊知地の手に半ばまとっていたシャツが奪われる。裸になった腕を、部屋の寒さがすっと撫でていく。

「待ってろ」

わずかに身震いしたのを見逃さなかったのか、短く言うと、伊知地は手早く薄いニットとシャツを脱ぎ捨てた。

その手が腕をさすっていく。熱を分けてくれるみたいにゆっくりと撫でおろされる感触に、今度は別の震えが走る。

「あ」

小さくあげた悲鳴に、伊知地は危うい光を宿した目を眇める。

絡められた伊知地の舌の熱さを、嵐にのみこまれたようなめちゃくちゃな口づけのさなかで感じた刹那、自分のなかで箍がはずれた。

伊知地の太ももに、自らの熱を押し当てた。

もう先走りで下着を濡らしているその熱を、どうにかして欲しかった。押し付けられた太ももの筋肉を味わうように、確かめるように、もっと深い快感をねだるように、伊知地の大腿に腰をこすりつける。

浅ましい乱れようを伊知地のまえに晒している自覚はあっても、もう待てなかった。

「伊知地さん、……んっ、はや、くぅ、ンっ」

「おれも欲しい」

大きな手のひらが長谷川のズボンの前をくつろげる。

するり、と下ろした下着から屹立が取り出された。

「あ……」

「きれいだな」

馬鹿、と悪態をつきたいのに声にならない。男の、そんな劣情を握りこんで言う台詞じゃない。ふるふると首を横に振る。

「どうして？　おれは好きだよ、きれいで、こんなにとろけてて」

「あぁうっ」

言い終えた伊知地は、ゆるゆると屹立を握りこんだ手のひらを上下させる。

「や、やっ」

「おれは、ここも、後ろも、身体も気持ちも、おまえのことぜんぶ好き」

「あっ、いや、だめっ……」

伊知地の唇が、先端の丸みに口づけたかと思うと、ゆっくりと昂ぶりを口に含んでいく。

だめ、と言った自分の声は明らかに期待の響きを含んでいて、そんな台詞で伊知地が止まるはずもなかった。

すぼませた唇で上下に扱かれ、ときどきくびれを舐められ、鈴口に舌先をもぐりこませようとするみたいにつつかれて、なす術もなくただ喘ぎを振りこぼす。

つん、と後ろに指先が当たる。

「だめ、それっ……あ、ンッ」

抗議の声をあげてみるけれど、くんっと力を込められた指先は、ゆっくりと内部に進んでくる。

「あぁ……」

指を根元まで飲み込まされて、唇からこぼれたのは充足の声だった。

もうなかがうねって、伊知地の指をきゅうきゅう締め付けているのが分かる。

屹立に舌を這わせながら、伊知地の指は、内部に潜む弱い部分を探る。

前をこんなふうに責められながら、なかの弱い箇所をいじられたら、もう我慢なんてできないと思うのに、どこかで期待が膨らむのを止められなかった。

「あ、や、……あっ、ひっ」

鋭い悲鳴に、伊知地の指が一瞬、なかで動きを止めた。

「や、やめ……」

恐れと不安と、期待が入り混じった声で懇願した。

次になにをされるのか、分かっていたから。

「嘘つき」

夜の静けさのなかで、伊知地がかすかに笑った。

そうだ、嘘だ。して欲しいんだから。待っているんだから。望んでいるんだから。

この夜の底に、ふたりして落ちていくのを。

「あっ……」

指先が、内壁をぐるりとなぞる。

小さく息を呑むと、また屹立を根元までくわえられた。じゅるっと、唾液《だえき》なのか先走りなのか分からない音がする。

上下に往復しながら昂ぶりを追い詰めていく唇。

弱い部分を遠慮なくこすっては刺激する指先。

「あ、あ、や、だめ、も、あ」

短い声をあげながら、限界が近いと身をよじって抵抗した。脚の間にうずくまる伊知地の髪を、震える指を伸ばして掴む。だけど、それ以上はどうしても力が入らない。

このままじゃ、伊知地の口を汚してしまう。

「伊知地、さっ、あン、も……、おれっ」

「いいよ、達きな」

鈴口を舌先でいじりながら小声で囁いて、伊知地は再び咽喉奥まで熱を飲み込む。

「あっ、だめっ……やだ、口にっ……出ちゃ……っ」

そう言ったのが最後で、あとはもうなにも分からなくなった。

「あ、あ、あぁっ」

伊知地に吸い上げられるまま、つま先までピンと張りつめさせながら、その口内にどくどくと熱を吐き出す。

放出の気持ちよさに抗えなかった身体は、やがて弛緩して、ぐたりとベッドに沈み込む。

伊知地が手のひらに白濁を吐いた。

それから、仰向けになっていた身体をぐるりと半回転させられる。うつぶせの姿勢から、掴まれた腰をぐっと引き上げられる。

ベッドの上で四つん這いの姿勢をとらされた。月明かりは、先ほどまでさんざんいじられ可愛がられていたすぼまりを、隠してはくれないだろう。

そんなところを伊知地に見られているかもしれない、と思えば、その想像さえ快感になって、双丘の狭間で、ほころびかけたつぼみがひくひくと蠢《うごめ》くのが分かった。

白濁をまとわせた指を、ぐっと二本そろえて挿入される。

「あ、ひっ」

脱力しきった身体に忍び入ってくる指先は、また腰の奥に快感を送り込み、火をつけようとする。

余韻《よいん》のなかでたゆたうようだった心地よさは、すぐにまた、焦れるくらいに欲しがる思いへと塗り替えられていく。

ぐちぐち、と濡れた音がするのは、指のまとう白濁のせいだろうか。

内部で二本の指を広げるようにしてほぐされる羞恥に耐えていると、また屹立が頭をもたげる。

伊知地が熱っぽい息を吐く。

「ごめん、おれが限界だ」

呟くように言うと、指がずるりと抜き去られる。

かわりにあてがわれたのは、熱のかたまり。すぼまりに押し当てられただけで、その熱さと硬さに、眩暈《めまい》がした。

「挿れるぞ」

低く響く甘い声にそんな宣言をされては、もう覚悟を決めるしかなかった。

「伊知地さん……欲しい」

自分からねだる。

愛しい男が動きやすいように、自ら腰をつきだす姿勢をとった。

枕を手繰り寄せて頰を擦り付けた。

「あっ、ああうッ」

杭が少しずつ埋め込まれる感覚に、痛くはないのに、眦から涙がこぼれた。

「すご……おまえんなか、きもちい」

すべてを埋めると、伊知地の言葉が口づけとともに背中に降ってくる。

繋がったまま背中に口づけられるほど伊知地が身体を折ったせいで、なかの熱の角度が変わり、それが弱いところに当たって、また嬌声《きょうせい》をあげてしまう。

「あうンッ」

「今日、ごめん、我慢してやれない」

苦しそうな息遣いで伊知地が言うのを振り返り、まばたきで応えた。

途端に、逃げられないよう両手で腰を掴まれて、奥までをたっぷりと貪られる。

貪欲《どんよく》な獣の烈しさとしなやかさで、腰が打ち付けられる。身体のなかに穿《うが》たれる熱は、そのたびこちらの熱も追い込んでいく。

伊知地の手が前にまわり、放っておかれていたくせに、もうとろとろとシーツにしみをつくっている屹立に触れた。

なかを穿つ熱の質量に声をあげ、首を振りながらも、中心を握りこまれては高みへと上りつめていくしかない。

「あンッ……や、だめぇ、も、ゆるし……」

さっき達したばかりなのにもう、と呆れられるかもしれないけれど、限界が近いことを告げて許しを請う。

「おれも、も……くっ」

伊知地の声もかなり切羽詰まっている。

「いっしょ、にっ……」

誘うと、手のひらが背中をつーっと辿る。

「あ、ふっ」

その刺激にびくびくと肩が震え、身体を支えていられなくなる。

肘《ひじ》から崩れ落ち、腰だけを高く突き上げた姿勢のまま、前をこすられ、なかに律動を刻まれたとき、上りつめた身体はぎゅーっと伊知地を食い締めながら、二度目の熱を吐き出した。

同時に、なかにどくどくと伊知地の劣情が注ぎ込まれるのが分かった。

内壁を打つ熱い波に、今日はふたりともゴムをつける余裕もなく行為に及んだことに、初めて気づいた。

肩でしている息を整えようと苦労していると、後ろから伊知地に掻き抱かれた。

その荒っぽい仕草が余裕のなさを物語るようで、愛しい気持ちがどくんと心臓で跳ねた。

「ごめん、余裕なくて」

「おれだって、なかった」

囁き声に囁き声で返す。

静かな暗がりに、ふたりの呼吸の音が重なって響くのが、幸福だった。

「つぎは、ゆっくりするから」

言いながら伊知地は、仰向けにしたおれの身体にそっと胸を重ね合わせた。

こんなにぴったりと重なる。

おなじ身体だから。

そう思うと、男の自分でよかったと、自分を認めてあげられた。

しっとりと汗ばんだ肌が互いに吸い付く感触で、皮膚《ひふ》があわ立つ。

「おまえと、またいっしょにいられて嬉しい。もう会えないんじゃないかって思って、ほんとうはすごく、不安だった」

「もう、迷いません。だから、ずっといっしょです」

どちらのものか分からない鼓動が、とくとくと響く。

「舌、出して……」

小声で言われるまま、舌先をそろりと伸ばす。夜の気配がすぅっと舌の表面を撫でていく。

おなじように伸ばされた舌が、つん、と舌をつついた。熱い舌は器用に動き、舌先を舐めたり、絡ませあったりと戯れを繰り返す。

「あっ……ふ」

吐息に喘ぎが混じり始める。

「あゥ」

急に舌先を噛まれ、鋭い悲鳴をあげてしまう。なだめるように、唇が舌を挟んで優しい刺激を送られる。

もう、身体の中心には熱が集まりだしている。重ねた身体で、それに気づいた伊知地が、互いに熱くなった中心をすり合わせた。

伊知地の唇は首筋をたどり、耳朶を噛み、耳の後ろをくすぐり、肩に口づけて下におりていく。つーっと滑らせた舌先が胸の尖りを見つけ、ちゅぷ、と音をたててしゃぶる。

ゆっくりする、と宣言したとおりに、愛撫の手は優しく、長谷川の身体を余すところなく撫で、口づけようとしているみたいだった。

なのに、肝心の部分には触れようとせず、脚の付け根のくぼみや、太ももの内側を、触れるか触れないかという力加減で指先がなぞっていく。

荒々しく求められるよりも、じれったい愛撫に身を焦がすほうが、求める欲求が加速していく。握りこんで扱いて欲しい、早く突き上げられたい。でもその一方で、このまま焦らされ続けておかしくなってしまうのもいい、とも思う。

気づくと、唇の端から湛《たた》えきれなかった唾液がつい、とあふれて線を描いている。それを伊知地がぺろりと舐めあげる。

夜は、密やかにひめやかに、ほの白い光でふたりの身体を包み込む。その光にさえ愛撫されているような錯覚に陥る。

もう自分は、荒れ果てた場所にはいない。

白く、柔らかなシーツの波間にたゆたい、ただ想う人にだけ溺れればいい。

手を伸ばせば指先は、ここに連れてきてくれた愛しい人の背中に触れる。

温かな背中、目が合えば微笑んでくれる人。

「欲しい」

そっと告げる。

ふたりで。いっしょに。柔らかな夜の底まで。

連れていって欲しい、と見上げた先で、愛しい男はふっと微笑むと小さく頷いた。

膝の裏に手があてがわれる。脚を開かされ、すぼまりに熱が当てられる。とんとんとつつくようにされて、長谷川は期待に掠れる声で伊知地を呼ぶ。

「や、ぁ……伊知地さんっ……」

ねだると、くっと力をこめて熱の先が埋め込まれていく。

「ふっ、んぁっ」

ゆっくりと、時間をかけて挿入された。きっと我慢してくれているんだろう伊知地の眉が、苦しげに寄せられる。

すべてを沈めてしまっても、伊知地はすぐに動かず、深い口づけを落としてくれる。それに応えるうち、先に堪《こら》えきれなくなって、腰を揺らめかせてねだった。

誘われるように、伊知地の腰が動き始める。ゆったりとした動きは徐々に速度を増して、奥まで穿たれ、律動を刻まれるたびに唇から甘えた声があふれ出た。

「あ、ンッ、や、ぁっ……」

狂おしい想いに震える腕を伸ばして、涙のたまった瞳で伊知地を見上げた。意図を読んで、伊知地はぐっと胸を近づけてくれる。

その背中に腕をまわして、縋りつくように抱きしめながら、すすり泣きに近い嬌声をあげる。

「ひっ、あ……ン、い、くっ」

腹を打つ屹立に、熱い手のひらが伸ばされた。

高みは近い。もう、すぐそこに見えている。

呻くような声を漏らしている伊知地も、限界なのだと、髪の先から落ちてきた汗のしずくに教えられる。

いっしょに達きたくて、ぎゅっと抱きしめる腕に力をこめた。

「も、達っちゃ、ぅ……ンンッ」

なかで、伊知地の熱がほとばしるのが分かる。びくびくと痙攣《けいれん》する屹立を締め付けながら、後を追うように達した。

ふわり、と身体が無重力に放り出されたような浮遊感に襲われる。抱きしめ合ったまま高く高く浮き上がり、それからゆっくりと沈み込む。

夜の底は、ふたりぶんの重みを優しく受け止めてくれる。

愛しい人を見つめていさえすれば、暗がりは恐ろしいものではなくなる。包み込まれ、心も身体も安らぐ平穏に変わるのだ。

額に口づけを落とされて、またぎゅっと抱き合った。

世界に朝がくる前に。夜と朝とのあいだに。こんなに優しい場所がある。

ふたりでなら、何度だってここにたどり着けるだろう。いつだってずっと、想いは互いのそばにある。

＊エピローグ

翌日は、幸福な想いをそのまま空に映したかのような、一点の曇りもない晴天だった。晴れ渡る空の青は美しく、遠くまで望める二十五階の窓辺で、カーテンの端を摘みながら、くっきりと鮮明に見える景色を眺め始めると、なかなか飽きない。

久しぶりに長谷川といっしょに遊べるのが嬉しくて仕方ない様子の悠太は、脚の周りにじゃれついて離れようとしなかった。ほんの少しの時間、会わなかっただけなのに、悠太は大きくなっている。大人の二ヶ月と子供の二ヶ月の違いに、なんだかはっとさせられる。

自分が失ってきたものや、その代わりに積み重ねてきたものを思った。

「悠太」

結ばれたあとでさえ、づくんと甘く響く声で、伊知地は悠太を呼んだ。

「なんだよー」

保育園で覚えてきたのか、生意気な調子で悠太が答える。

長谷川は伊知地と目を合わせて苦笑いした。最初のころの、伊知地に怯えていた悠太からしてみればすごいことだ。

伊知地は、大きな箱を持っている。アヒルやクマや、花のプリントされた紙に包まれて、リボンのかけられた大きな箱。

「誕生日おめでとう」

「えっ」

悠太が驚くより先に、長谷川は声をあげていた。

「言ってなかったっけ。十二月一日が、悠太の誕生日なんだって」

「そうなんですか」

あっけにとられている長谷川の足元で、悠太は「ありがとう！」と叫び、ばりばりと紙を破いている。

なかから出てきたのは、積み木のセットだった。

「悠太くん、お誕生日おめでとう」

「うん、ありがとう！　けんとくん、あそぼー！」

誘われるままに腰を下ろして積み木のひとつを手にとってみる。

積み木は、角のない木製のもので、四角や三角や円などいろいろな形をしていた。手にとった長方形の積み木は、見た目よりずっと軽い。

「あれ」

目の高さまで持ち上げてみて、ふと気づく。積み木のなかで、ころころと可愛らしい鈴の音がしている。

「鈴入れたんですか」

「うん。おまえの思い出の品って聞いたから。ほかにも仕掛けがあるんだ」

伊知地が言ったそばから、悠太は持っていた積み木に違和感を覚えたらしく、ぐるぐる回して点検したあと、ぱかりと一面を外した。

それを示しながら伊知地が説明を付け加える。

「ふたになってて、なかにおもちゃが入ってたり、好きなものを入れたりできるようにしてる」

「あっ、ねぇ、つみきのなかにミニカーはいってたよ！」

悠太が歓声をあげる。木製の小さなミニカーだ。赤い車体に、青いタイヤ。

「じゃあ、ミニカーのためにトンネル作ろうか」

そう応じたのは意外にも伊知地だった。

「うん。おっきいトンネルにしてよ」

ふたりでトンネル作りにとりかかる姿を、長谷川は微笑ましく眺めた。

伊知地が悠太といっしょに遊んでいるのを見るのは、なんだか新鮮な気持ちだった。自分のいない二ヶ月で、いっしょに遊べるようになったのなら、距離を置いて、苦しんでいた時間にも、なんらかの意味はあったんだと思えた。

伊知地がふと視線をあげる。

ぶつかった視線を受け止めたら、自然と笑みがこぼれた。

意味はあった。そうに決まってる。だって、あの時間が苦しかったからこそ、いま、こんなに素直にこの人が愛しい。

「あ、これもなにかはいってるみたい」

悠太は、今度は円柱のかたちをした積み木を振った。なかでごとごとと何かが揺れる音がする。けれど、どうしても開けることができない。しばらく頑張ってみたあと、諦めた悠太は伊知地に積み木を差し出す。

「あーけーてー」

「これは、回すんだ。やってみな」

手本を示すように、円柱の上部に手をかけて回す仕草をしたあと、積み木を悠太の手に戻す。

開け方が分かれば、そう力を入れずとも開くようになっているらしく、悠太はくるりと回して開けた積み木のなかを覗き込むと、頬をぷくりと持ち上げて笑った。

「おへやじゃだめだからこうえんいこっ」

「なにが入ってたの？」

訊いてみると、悠太は答える代わりに積み木をこちらに向けて傾けた。なかに入っていたのは、懐かしいピンクの容器に黄色いキャップがついたしゃぼん玉だった。

公園に着くと、しゃぼん玉の容器を握りしめたまま悠太が砂場に向かって駆け出したので、伊知地とふたりで砂場にかかっていたシートをどけた。バケツやスコップや、動物の形の型などの入ったお砂場セットを悠太に手渡す。

長谷川は悠太といっしょに砂場に山を作った。山を崩さないよう慎重にスコップで両側から掘りすすめていくと、しばらくしてトンネルができた。

悠太の小さな手が、トンネルのなかをとんとんとならして固めていくのを見守る。満足げに頷いた悠太は、トンネルに向かってしゃぼん玉を吹き始めた。

小さい球、大きい球、虹色の光をまとって、周囲の景色を映しながらしゃぼん玉はふわふわと飛ぶ。

風にあおられたしゃぼん玉のひとつが、公園で遊んでいるほかの子供たちの間を縫っていく。誘われるようにそれを目で追うと、藤棚の下のベンチに伊知地が座っていた。

「悠太くん、おれが来てない間、ずっと伊知地さんと遊んでたの」

「うん。そうだよ。こうえんもいっぱいきたよ。あっ」

機嫌よくしゃぼん玉を次から次へと吹いていた悠太が、思い出したように小さく声をあげた。しゃぼん玉を吹くのをやめると、ばつのわるそうな顔でもじもじしだす。

「どうしたの」

「あのね……ひみつのトンネルのおはなしね……いちぢさんにもしちゃった」

「そう。伊知地さんきっと嬉しかったと思うよ。悠太くんとの秘密ができて」

「そうかなぁ」

照れくさそうに悠太は笑い、砂場に指で丸を描いた。その丸に、目がついて鼻がついて口がついて、髪がついて、もちろん耳も忘れずに描いて、「いちぢさん」と呟く。

「悠太くんは絵が上手だなぁ。ね、悠太くん、伊知地さん、悠太くんのパパみたいだね」

そう言うと、悠太ががばっと顔を上げる。その目はきらきら輝いている。おもちゃを見るのとも、公園が楽しいのとも違う、特別な輝きのきらきらで。

「けんとくん、そうおもう?」

「思うよ」

悠太ははにかんだ表情で身体を片側にぐにゃりと曲げたあと、起き上がるとまたせっせとしゃぼん玉を作り始めた。公園中にしゃぼん玉が飛ぶ。

しゃぼん玉作りに夢中になっている悠太に一言断って、砂場の横にある水道で手を洗って、小走りに伊知地のもとへ向かった。

「ほら」

隣に腰を下ろすと、伊知地がタオルを差し出してくれる。

「伊知地さんもう立派なイクメンですね」

「イクメンってなんだ」

からかうつもりで言うと、怪訝な表情の伊知地に尋ねられた。

「育児してるイケメンのことです」

「……おれはかっこいい、ということでいいか」

「まぁいいです」

「まぁってなんだよ」

むくれてしまう伊知地が可笑しかった。こういう、ちょっと子供っぽくなるところにきゅんとする。

幸せな気分で悠太を眺めていると、伊知地が唐突に切り出した。

「あのさ長谷川」

「いっしょに、暮らさないか」

ふわりふわりとここまで飛んできた大きなしゃぼん玉に向けていた目を、ついと伊知地に向ける。

その目が、あまりに真剣な色をしているから、長谷川はどう答えていいか分からなくなった。

「おまえに会えない間ずっと考えてたんだ。おれ、おまえのことすごく大事なのに、離れてるのは嫌だって。一日の最後に見たいのって、やっぱりおまえの顔なんだよ。わがままだと思うか」

真摯に語られる言葉に、胸が熱くなる。

「いいえ」

静かに首を振った。

「おれもおんなじこと思ってますから」

ふたりの間を、悠太が飛ばすしゃぼん玉がふわふわ飛んでいる。

「じゃあもうハウスキーパーは実家に帰そう」

「えっ、それは……いいんですか」

「だってハウスキーパーがいたらいいちゃいちゃできないだろ」

「それは、……そうですけど」

「いいんだ、一人暮らしはじめるときの条件が、実家からハウスキーパーひとり連れていくってことだったんだ。実家を切り盛りしてるハウスキーパーは別にいるんだけど、あの人ももう若くないし、実家のほうにこそ人手がいるんだよ」

伊知地はもう決めているようだった。伊知地の実家との問題なら、とやかく言うことではないので、黙って頷く。

「それとおれ、年が明けたら、いままで働いてた生産管理部から企画開発に移る」

「それって、すごいことなんじゃないですか」

「本来、人事取り仕切ってるのもうちの家系の人間だから、おれが企画開発行きたいって言えばすぐ移れたはずなんだ。だけど、そういうやり方で移るのは、おれは嫌だった。今日遊んでた積み木、あるだろ」

「はい」

「あれ、企画開発のやつと話し合って企画通したんだ。それで、企画開発から移ってきて欲しいって言われて」

「認められたんですね。おめでとうございます」

「いや、こっちこそありがとうだよ。あれは……おまえの一言で作った積み木だから」

「けんとくぅん！」

そのとき、悠太の弾けるような声が響いた。

砂場からこちらに、スコップやおもちゃをいっぱい入れたバケツをがちゃがちゃいわせながら走ってくる。

「パパー！」

悠太の目が伊知地へと向く。

「っ」

傍らで伊知地が息をのんだのが分かった。

言い出すタイミングを、ずっとはかっていただけ。悠太の心のなかではずっと、伊知地はそのポジションにいたんだと分かる明るい声だった。

ベンチの前まで来ると、悠太はあどけない顔を嬉しそうに紅潮させながら、ほんの少しの不安を覗かせて伊知地を見上げた。

「ゆうた」

初めて名前を呼ぶかのように、どこかぎこちない声で伊知地は悠太を呼び、その手のひらを悠太の頭にのせた。ゆっくりと撫でる。

くすぐったげに目を細め、肩をすくめた悠太は安心した様子で両手を差し出した。

「ぼくおなかすいちゃった。おうちにかえろっ」

片方の手を伊知地がとる。

もう片方の手を、長谷川が。

三人で手を繋いで公園を出た。

スキップをしながら悠太がはしゃぐ。

「ぼくねぇ、おっきくなったらけんとくんとけっこんする！」

「それは……だめだ。やめてくれ」

悠太の無邪気な発言に、難しい表情を浮かべた伊知地が真顔で懇願するので、思わず笑ってしまいそうになる。

「そうなの？」

「そうだなぁ、ちょっと、難しいかな」

悠太に見上げられて答えると、悠太はすこし考えたあと、目を輝かせてもう一度こちらを見上げた。

「じゃあ、けんとくんがぼくのママになるのはどう？」

悠太の提案を聞いて、今度は伊知地が声を殺して笑っている。ほんとうに家族みたいで、いや、自分にとってはほんとうに家族で、照れくささと嬉しさがいっしょにあふれてきた。

「おまえ、耳赤い」

「寒いんですっ」

「嘘つき」

指摘されたことに反論すると、短い揶揄《やゆ》が飛んでくる。

「ま、いいや。帰ってからあったためてやる口実にする」

そんな宣言をしれっとしてしまう男の横顔を見やると、言った本人も照れた表情を浮かべていて、もっと恥ずかしくなった。

「ねぇ、ふたりでなにおはなししてるの？」

「秘密」

こちらを見上げる悠太のくるんと丸い瞳に、小さく答える。

「ふーん。じゃあ、いいことでしょ？　だいすきなひととだと、ひみつっていいことになっちゃうんだからねぇ」

悠太が屈託《くったく》のない笑顔で言う。

笑い声が、オレンジ色の空に向かってきらきら跳ねた。

手と手をつないで、家路をたどる。

並んだ三人の影は、夕陽を背にして長く長く伸びる。

この影が伸びる先に、夜のとばりが下りる場所があって、そのもっと先に、知らない朝が待っている。その朝を、肩を並べて待つ。

大好きな人の傍ら。

優しい場所で。

■あとがき■

ショコラ文庫さんでは初めまして、草川かおりと申します。

今回はなんと、「子連れ」で「大企業御曹司×庶民」です。「天然」や「ヘタレ」、「ツンデレ」が好きで、茨道をひた走る(?)自分が、まさかエリート攻を書く日が来ようとは……思ってもないことが起こるのが人生だなぁとしみじみしております(笑)。

そんなわけで、今回は初めての「職人」としての部分が大きいお仕事でした。そのため「王道」という言葉に惑わされ、自分史上最大のスランプにも陥りました。キャラたちもなかなか掴めず、改稿の最中何度も「そんな子に育てた覚えはありません！」とＰＣ前でツッコミを入れたものです(笑)。

けれど、苦戦したからこそ、私の書きたい世界をもう一度考えるきっかけになってくれたのも今作です。「登場人物が優しい世界に出会う物語」という目標は大切にしながら、一皮剥けているといいな、とちょっぴりどきどきしておりますが、いかがでしたでしょうか？

お忙しいなか挿絵を担当してくださいました上田先生、本当にありがとうございました。執筆中、「上田先生の端整ハンサムな挿絵！」が心の支えでした。

また、前担当さん、現担当さんはじめ、この本の出版に携わってくださいましたすべての皆様にお礼申し上げます。悠太のモデルになってくれた三歳の姪っ子にも感謝！

そして、この本を手にとってくださいました読者さまへ、一番の感謝とありったけの愛をこめて、ありがとうございます！

攻の成長っぷりや、受の素直なぐるぐるっぷり、悠太の可愛さで、あったかく、優しい気持ちになれる作品ではないかと思います。子連れでほっこりがお好きな方も、王道お好きな方も、茨道お好きな方も、まとめてどーんとかかってきてくださいませ。

さて、読書の似合う季節がやってまいりました。秋の夜長の読書ももちろん素敵なことですが、おしゃれが楽しいのもこの季節。秋の日の午後、ちょっとつば広の帽子をかぶり、公園のベンチで読書というのも捨てがたいと思います。紅葉に色づいてひらりと散ったひとひらの葉がページの間に挟まれば、それは美しい栞になってくれます。そっと本を閉じて見上げれば、空は夕焼けに染まり帰宅の時刻を告げているかもしれません。

眠る前にお時間があるようでしたら、ペンフレンドに宛てるような気軽さで草川にお手紙かお葉書書いていただければとても嬉しく思います。いつまでもお待ちしております。

それではまた、近いうちにお会いできますように。

平成二十三年　秋　はちみつ色の月明かりのもと　草川かおり

初出
「はちみつさんかく。」書き下ろし

CHOCOLAT
BUNKO

この本を読んでのご意見、ご感想をお寄せ下さい。
作者への手紙もお待ちしております。

あて先
〒171-0021東京都豊島区西池袋3-25-11第八志野ビル5階
(株)心交社　ショコラ編集部

はちみつさんかく。

2011年9月20日　第1刷

著　者:草川かおり
発行者:林 高弘
発行所:株式会社　心交社
〒171-0021　東京都豊島区西池袋3-25-11
第八志野ビル5階
(編集)03-3980-6337 (営業)03-3959-6169
http://www.chocolat_novels.com/
印刷所:図書印刷 株式会社

小説ショコラ新人賞 原稿募集

賞金

大賞…30万
佳作…10万
奨励賞…3万
期待賞…1万
キラリ賞…5千円分図書カード

大賞受賞者は即デビュー
佳作入賞者にもWEB雑誌掲載・電子配信のチャンスあり☆
奨励賞以上の入賞者には、担当編集がつき個別指導!!

第三回〆切
2012年3月30日(金)必着
※締切を過ぎた作品は、次回に繰り越しいたします。

発表
2012年7月予定
(詳しくはショコラ公式HP上にてお知らせします)

【募集作品】
オリジナルボーイズラブ作品。
同人誌掲載作品・HP発表作品でも可(規定の原稿形態にしてご送付ください)。

【応募資格】
商業誌デビューされていない方(年齢・性別は問いません)。

【応募規定】
・400字詰め原稿用紙100枚～150枚程度(手書き原稿不可)。
・書式は20字×20行のタテ書き(2～3段組みも可)にし、用紙は片面印刷でA4以下のものをご使用ください。
・原稿用紙は左肩をクリップなどで綴じ、必ずノンブル(通し番号)をふってください。
・作品の内容が最後までわかるあらすじを800字以内で書き、本文の前で綴じてください。
・応募用紙は作品の最終ページの裏に貼付し(コピー可)、項目は必ず全て記入してください。
・1回の募集につき、1人2作品までとさせていただきます。
・希望者には簡単なコメントをお返しいたします。自分の住所・氏名を明記した封筒(長4～長3サイズ)に、80円切手を貼ったものを同封してください。
・郵送か宅配便にてご送付ください。原稿は原則として返却いたしません。
・二重投稿(他誌に投稿し結果の出ていない作品)は固くお断りさせていただきます。結果の出ている作品につきましてはご応募可能です。
・条件を満たしていない応募原稿は選考対象外となりますのでご注意ください。
・個人情報は本人の許可なく、第三者に譲渡・提供はいたしません。

CHOCOLAT BUNKO

【宛先】
〒171-0021
東京都豊島区西池袋3-25-11　第八志野ビル5F
(株)心交社　「小説ショコラ新人賞」係